화월

화월

초판 1쇄 인쇄	2014년 09월 12일
초판 1쇄 발행	2014년 09월 19일

지은이	박 기 묵		
펴낸이	손 형 국		
펴낸곳	(주)북랩		
편집인	선일영	편집	이소현, 이윤채, 김아름, 이탄석
디자인	이현수, 신혜림, 김루리	제작	박기성, 황동현, 구성우
마케팅	김회란, 이희정		
출판등록	2004. 12. 1(제2012-000051호)		
주소	서울시 금천구 가산디지털 1로 168, 우림라이온스밸리 B동 B113, 114호		
홈페이지	www.book.co.kr		
전화번호	(02)2026-5777	팩스	(02)2026-5747

ISBN   979-11-5585-352-8 03810(종이책)   979-11-5585-353-5 05810(전자책)

이 도서의 국립중앙도서관 출판예정도서목록(CIP)은 서지정보유통지원시스템 홈페이지(http://seoji.nl.go.kr)와
국가자료공동목록시스템(http://www.nl.go.kr/kolisnet)에서 이용하실 수 있습니다.
(CIP제어번호 : CIP2014026462)

1991년 유서대필사건의 실체와 진실

화월 火月

박기묵 지음

북랩 book Lab

이 책은
실화를 소재로 한
픽션입니다

단순하게 변혁운동의 도화선이 되고자 함이 아닙니다.
역사의 이정표가 되고자 함은 더욱이 아닙니다.
아름답고 맑은 현실과는 다르게, 슬프게 아프게 살아가는
이 땅의 민중을 위해 무엇을 해야 할까 하는
고민 속에 얻은 결론이겠지요.

노태우 정권을 퇴진시켜야 합니다.
민자당은 해체되어야 합니다.
우리에게 슬픔과 아픔만을 안겨주는
지금의 정권은 꼭 타도되어야 합니다.
더 이상 우리에게 죽음과 아픔을 안겨주지 말아야 합니다.
이제 우리들은 모두 하나가 되어
죄악스러운 행위만을 일삼아온 노태우 정권을 향해
전면전을 선포하고 민중권력 쟁취를 위한 행진을 위해
모두가 하나 되어야 합니다.

- 1991년 5월 8일 박민혁 -

1987년 5공화국이 역사 속으로 사라졌습니다. 6월 항쟁을 끝으로 전두환 군부정권은 시대의 분노 속에 막을 내렸습니다. 비록 노태우라는 군부 출신의 인물이 대통령으로 당선되며 5공화국의 잔재를 깨끗이 정리하진 못했지만, 그래도 대한민국이 그토록 갈망하던 대통령 직선제를 쟁취할 수 있었습니다.

하지만 민주주의 대가는 가혹했습니다. 6월 항쟁의 도화선이 됐던 박종철 군은 영원히 우리 곁으로 돌아올 수는 없었습니다. 남영동 대공분실에서 고문으로 꺼져간 젊은 영혼의 불씨, 세상은 그가 남겨준 역사의 이정표를 우리가 지켜나가는 것에 만족해야만 했습니다. 이한열 군도 마찬가지였습니다. 뜨거운 초여름, 최루탄 내음 속에 꺼져간 젊은이의 외침을 세상은 잊지 않고 가슴에 새겨야 했습니다. 참으로 고통스러운 시간 속의 뜨거운 격변기였습니다.

그리고 민주주의의 실상은 크게 변한 것이 없었습니다. 수많을 젊음을 담보로 얻어 낸 직선제를, 김대중 후보와 김영삼 후보가 단일화하지 않은 속사정이야 알 수는 없지만, 적어도 그들의 정치적 이기심이 노태우라는 인물을 대통령에 당선시킨 것만은 누구도 부인할 수 없었습니다. 아직 대한민국의 시련이 끝나지 않았던 걸까요? 마지막 희망이었던 과거사 정리의 구호마저 통일민주당, 신민주공화당, 민주정의당의 야합에 의한 삼당합당으로 출범된 민주자유당의 그림자 속에 사라져 버렸습니다.

사회 곳곳에서는 비리와 부패, 그리고 음모와 밀약이 끊이질 않았습니다. 보안사령부의 민간인 사찰 소식은 전국을 충격으로 몰아넣기에 충분했습니다. 민주주의라는 탈을 쓴 괴물 보안사령부는 김대중, 김영삼의 노무현 등 정치인들은 물론 김수환 추기경, 박형규 목사 등 종교계 지도자들에 이르기까지 사회 각계 인사를 국가에서 사찰하고 있었습니다. 보안사가 누구를 위해 민간인을 사찰하는지는 불 보듯 뻔한 것이었습니다.

세상은 보안사 민간인 사찰을 계기로 노태우 정권 퇴진 구호를 꺼내들고 집회를 시작했습니다. 그에 노태우 대통령은 급히 국방장관과 보안사령관을 경질하고 국민의 여론은 다른 곳으로 돌리기 위해 '범죄와의 전쟁'을 선포하여 가까스로 위기를 넘길 수 있었습니다.

하지만 이듬해 대한민국 역사를 뒤바꿔버릴 수 있는 화염이 이글거리고 있었습니다.

감사의 글

이 책을 처음 쓰기 시작했던 2011년, 저는 풋내기 기자였습니다. 한참 취재를 해도 모자랄 시기에 무언가에 이끌려 글을 쓰기 시작했습니다. 그것은 지난 기획취재 때 강기훈 씨의 억울함을 모두 풀어주지 못했던 제 능력에 대한 채찍질이자 유서대필 사건을 몰랐던 젊은이로서의 반성이었습니다. 동시에 너무 순수하게만 보아왔던 세상을 향한 거친 분노였습니다.

하지만 실화를 소재로 소설을 쓴다는 것이 쉽지만은 않았습니다. 공판기록과 수사기록, 유서대필 사건 총 자료집과 판결문을 정확하게 해독해야 했습니다. 또한 과거 사건의 당사자는 물론 관련 인물들을 인터뷰하며 소설만의 특징 또한 살려야 했습니다. 비루한 글솜씨 때문에 몇 번이고 출판사 앞을 원고를 들고 뛰어다녀야 했던 것 또한 초보 작가의 앞길을 가로막는 거대한 장애물 중 하나였습니다.

그럼에도 불구 포기하지 않았던 것은 끝까지 세상 앞에서 당당하게 싸우시는 강기훈 씨의 투사와 같은 모습 때문이었습니다. 책 속의 주인공이던 그때처럼 20년이 넘는 세월을 진실을 위해 견뎌온 그의 노력에 비하면 제 수고로움은 사치에 불과했습니다. 강기훈 씨야말로 역사의 주인공이자 화월의 주인공이며 우리가 잊지 말아야 할 지금의 주인공입니다. 이 책을 집필할 수 있게 영감을 주신 강기훈 씨께 다시 한 번 감사의 말씀을 올립니다.

그리고 책의 집필부터 출간까지 후배 기자에 대한 전폭적인 지원을 아끼지 않았던 CBS 노컷뉴스 모든 선배분들께 깊은 감사를 드립니다. 아마 선배분들의 응원과 도움이 아니었다면 화월은 그저 제 가슴속 응어리로만 남은 채 세상의 빛을 보지 못했을 것입니다. 이 모든 것을 자기 일처럼 생각하며 뛰어주신 김준옥 CBS 보도국장님과 변이철 노컷뉴스 팀장님을 비롯한 모든 CBS 보도국 선배분들께 깊은 감사를 드립니다.

끝으로 화월의 실질적인 주인공이었던 강경대, 박승희, 천세용, 김기설 등 1991년 열사들에게 이 책을 바칩니다.

감사합니다.

Contents

Part 1

1991년

1991년 4월

어느덧 벚꽃이 만개하고 새 학기가 시작된 지 한 달이 지났지만 명지대학에서는 학생들의 투쟁이 끊이질 않았다. 개강의 설렘과 풋풋함은 어디에도 찾아볼 수 없었다. 애초 전혀 현실성이 없는 등록금 인상안이었다. 무려 16% 인상. 우골탑으로도 따라갈 수 없는 인상안을 학생과 학부모 모두 받아들일 수 없었다. 애초 교육부가 등록금 책정을 대학 자율에 맡긴 것이 깊은 갈등의 시작이었다.

명지대 곳곳은 학교와 총장을 비난하는 플래카드 구호와 집회로 가득했다. 전교생의 90%가 넘는 학생이 등록거부로 학교를 압박했다. 학교 측도 이에 질세라 미등록 학생에게 경고장을 보내며 제적이란 수단으로 맞불을 놓고 있었다.

이에 학생들은 지난 3월부터 부총장실과 교무처장실을 점거하고 학교 측과 줄다리기 신경전을 이어가고 있었다. 이미 총학생회장 박광철 군이 경찰에 강제연행된 상황이라 학생들의 입장은 더욱 강경해져만 갔다. 하나로 똘똘 뭉친 명지대생들은 총학생회장 석방을 요구하며 대학가를 구호로 불태우고 있었다.

4월 26일

시위의 열기가 정점으로 다다르고 있었다. 남가좌동 명지대 캠퍼스는 말 그대로 작전지역이었다. 사방에는 사복경찰과 정경들이 학교 밖으로 나온 학생들을 잡기 위해 혈안이 돼 있었다. 진압조의 대열 속으로 사복 체포조는 골목골목에 대기하며 숨바꼭질을 하고 있었다. 학교 앞은 더욱 심각했다. 교문 앞부터 이어진 최루탄을 장전한 전경과 화염병으로 중무장한 학생들의 대치는 쓴웃음마저 자아냈다.

사백여 명이 넘는 시위대는 학교 정문으로 한 걸음씩 걸어 나오고 있었다. 선봉대와 본대로 일정 거리를 띄워 나뉜 시위대는 선봉대를 주축으로 교문 밖으로 조금씩 전진해 나갔다. 마침내 학교 정문에서 한발을 내딛자 경찰은 최루탄을 난사하며 저지하려 달려들었다. 이에 기다렸다는 듯 화염병 수십 개가 포물선을 그리며 경찰을 향해 날아들었다. 화염병과 최루탄이 뒤섞이면서 피어난 연기는 한 치 앞도 볼 수 없는 상황을 만들었다. 주변은 코끝까지 매캐한 최루탄 냄새로 숨 쉬기조차 힘들었다. 말 그대로 생지옥이었다.

"구속된 총학생회장을 석방하라!"

학생들의 외침은 더욱 격렬해져 갔다. 경영대 경제학과에 재학 중인 경대도 선봉대와 시위대를 연결하는 연락책 역할을 맡으며 전쟁터를 가로지르고 있었다. 어느 한쪽도 절대 물러설 수 없는 상황이었다. 학생들이 한발씩 이동할 때마다 경찰은 더욱 거세게 진압수위를 높였다. 그 순간 여기저기 날아오던 화염병 하나가 사복 체포조 대원 쪽으로 향했다.

"펑!"

둔탁한 소리와 함께 대원의 몸은 불길에 휩싸였다. 동료들이 급히 불을 끄기 위해 달려들었지만 화염 속 비명만 더해갔다.

"다 잡아 죽여!"

마침내 이성을 잃은 전경들이 자욱한 연기 속에서 갑자기 함성을 외치며 경대가 속해 있던 선봉대와 본대 사이로 쇠파이프를 들고 튀어나왔다. 골목에 숨어있던 사복 체포조가 날뛰기 시작했다. 시야에 가려 희미했지만 사방에서 들려오는 쇠파이프의 둔탁한 소리만으로도 지금의 심각한 상황을 짐작할 수 있었다.

시위대의 머리가 끊어져 버린 본대 학생들은 서둘러 학교로 들어갔지만, 선봉대는 일명 백골단으로 불리는 사복경찰들에게 독 안에 든 쥐처럼 포위됐다. 학생들은 어떻게 해서든 그곳을 벗어나야 했다. 백골단은 손에 들고 있던 쇠파이프를 휘두르며 학생들의 집회를 핏빛 축제로 몰아가고 있었다. 도망치는 사람은 발을 걸어 넘어뜨려 매질을 가했다. 린치에 학생들은 뿔뿔이 흩어지기 시작했고 경대도 어떻게든 포위망을 벗어나기 위해 안간힘을 쓰는 중이었다. 순간 담벼락으로 한 무리의 학생들이 뛰기 시작했다. 경대도 학교로 되돌아가기 위해 학교 담 쪽으로 전력 질주했다.

"저 새끼 잡아!"

도망치는 경대를 향해 다섯 명이 따라붙기 시작했다. 그들은 한 손에는 쇠파이프를 든 채 광기 어린 눈으로 경대만 쫓고 있었다. 학교 근처에 다다른 경대가 왼손으로 담벼락을 잡고 발로 벽을 박차 오르는 순간 쫓아온 손이 발목을 낚아채며 바닥으로 내동댕이쳤다. 먼저 담을 넘은 친구들이 경대를 향해 일어나라고 소리쳤지만 백골단은 경대를 에워싸고 쇠파이프로 무참히 내려쳤다.

"개새끼, 도망을 쳐?"
"간땡이가 부었지? 우리가 호구로 보이지?"

경대는 본능적으로 몸을 웅크리고 머리를 감쌌다. 그러자 경찰은 갈비뼈와 정강이를 가격하기 시작했다. 정강이를 제대로 맞은 경대가 다리를 감싸 안자 이제는 머리를 내려치기 시작했다.

　-탁-

　머리를 향해 제대로 들어간 쇠파이프에서 탁한 소리가 났다. 그 순간 몸을 웅크려 방어하던 경대의 몸이 힘을 잃고 늘어졌다. 뒤늦게 경대를 구하기 위해 학생들이 돌을 던지며 겨우 백골단을 몰아냈지만 경대는 자리에서 일어나지 못했다.

　"경대야!"

　학생들은 서둘러 강경대를 교내 보건소로 옮겼다. 의식을 잃은 채 축 늘어진 몸만이 경대의 상태를 말할 뿐이었다. 하지만 경대의 심장은 교문 밖에서 돌아오지 못했다. 젊은 대학생의 죽음은 곧바로 전민련 사무실까지 넘어왔다.

　"민혁아 소식 들었어?"
　"뭐?"

　밖에서 사무실로 뛰어들어온 철수가 다급한 목소리로 말했다.

　"조금 전 명지대에서 학생 한 명이 백골단에 맞아 죽었대."
　"뭐라고?"

방금 전 일어난 끔찍한 사건의 소식은 이내 서울에 있는 전국민족민주화연합 사무실까지 한숨에 날아왔다. 잠깐 사무실에 들려 일지를 정리하고 있던 민혁은 놀랄 수밖에 없었다. 이미 현 정권에 실망하고 있었지만 이와 같은 막장드라마까지 연출하리라곤 생각지 못했다. 작은 변화의 희망과 미래에 대한 기대로 맞이한 민주주의였지만 지금의 대한민국은 기대와 너무 달랐다. 옳은 것을 향해 목소리를 낼 수 있고, 법과 원칙이 지켜지는 세상, 그곳은 더이상 이곳에 없었다.

다음날 연세대학교에서 재야단체회원들이 『고 강경대 열사 살인폭력 규탄과 공안통치 종식을 위한 범국민대책회의』를 결성했다. 민혁도 곧장 전민련에서 범대위로 파견돼 투쟁기획국 일을 맡았다. 이제 목표는 확실해졌다. 폭력과 공안 통치를 일삼는 노태우 정권 퇴진만이 살인정권의 원죄를 씻을 수 있었다.

강경대 치사사건은 재야 민주화 세력의 현 정권 퇴진운동에 도화선으로 작용하며 혁명의 불꽃을 튀겼다.

사랑하는 내 친구들아
나는 항상 너희가 자랑스러웠다.
옆에서 아무리 우리를 흉봐도
그들이 우리가 미워서 그런 것이
아니라는 것을 알았고,
시새움이라는 것을 알았기에
한층 더 너희가 자랑스러웠다.

슬퍼하며 울고 있지만은 말아라.
그것은 너희들이 해야 할 일이 아니다.
너희는 가슴에 불을 품고 싸워야 하리.
적들에 대한 증오와 불타는 적개심으로
전선의 맨 앞에 나서서 투쟁해야 하리.

그 싸움이 네 혼자만의 싸움이 아니라
2만 학우 한 명, 한 명 손을 잡고 하는
함께하는 싸움이어야 하리.

내 항상 너희와 함께하리니

힘들고 괴롭더라도

나를 생각하며 힘차게 전진하라.

내 서랍에 코스모스 씨가 있으니

21만 학우가 잘 다니는 곳에 심어주라.

항상 함께하고 싶다.

– 4월 27일 승희 –

강경대 치사사건의 후폭풍은 예상했던 것보다 훨씬 거셌다. 젊은 영혼을 앗아간 공권력에 대한 분노가 전국에서 도화처럼 타올라 여기저기 옮겨붙기 시작했다. 서울뿐만 아니라 전국에 시위가 끊이질 않았다. 곳곳에서는 학생들이 주축이 된 젊은이들과 경찰 사이 충돌이 계속해서 일어났다. 그동안 곪아왔던 고름이 결국은 터진 것일까? 세상은 다시 정권퇴진의 구호를 들고 청와대를 향해 갔다.

더 이상의 침묵은 현 정권을 용인한다는 의미였기에 가만히 있을 수 없었다. 전남대에서도 강경대 치사사건으로 학생들의 집회와 시위가 계속 이어지고 있었다. 승희에게도 이번 사건은 묵과할 수 없는 화두였다. 그것도 민주화 역사의 뿌리를 함께한 광주 전남대인이 이 현상을 넘긴다는 것을 참을 수가 없었다. 이미 강경대 치사사건 이후로 하루 종일 고민하던 그녀였다. 평소 밝은 성격이지만 서울에서의 대학생의 죽음은 승희 머릿속을 쉽게 떠나지 못했다.

책임감과 역사의식이 밤마다 그녀를 잡아 돌았다. 지금의 시위 방식은 경찰의 방해 속에 언제 꺼질지 모를 촛불과 같이 느껴졌다. 광주항쟁에서 직접 경험하지 않았던가? 승희는 펜을 꺼내 마지막 글을 써내려 갔다. 맺힌 눈물이 종이 위로 떨어지며 잉크가 희미하게 번져갔다.

4월 29일

전남대 교내 5.18 광장에는 학생들로 가득했다. 전남대인의 성지인

그곳 광장에선 학생들의 주도하에 '강경대 살인 만행 규탄 및 노태우 정권 퇴진 결의대회'가 열리고 있었다. 오후 한 시부터 시작된 시위의 분위기가 무르익을 때쯤, 갑자기 승희가 잔디밭 광장에서 일어섰다.

"강경대를 살려내라! 2만 학우여 단결하여 노태우 정권을 타도하자!"

잔디밭 광장 전체에 쩌렁쩌렁한 목소리가 퍼져갔다. 그리곤 이내 불길이 그녀의 몸을 타고 올라왔다.

"노태우 정권을 퇴진시키자!"

절규에 가까운 목소리와 함께 그녀는 광장을 가로질러 제1학생회관 쪽으로 뛰어가기 시작했다. 아무도 손 쓸 겨를조차 없었다.

"노태우 정권을 타도하자!"

한참을 달리던 그녀가 털썩 주저앉으며 꺼져가는 목소리로 외쳤다. 이제는 불길 소리가 그녀의 목소리를 삼키고 있었다.

"군부의 잔재, 노태우 정권은 물러가라…."

주위 학생이 급히 달라붙어 옷가지로 불길을 잡으려고 했지만 약해지는 불길과 함께 승희 의식도 점점 희미해져 갔다.

"승희야 정신 차려! 뭐하는 짓이야!"

"군…부…타…"

주위에 있던 사람들이 급히 소화기를 들고 승희를 향해 뿌렸지만 그녀는 이미 의식이 없었다.

"119, 빨리 119 불러!"

승희는 전남대 대학병원 중환자실로 옮겨졌지만 너무 심한 화상을 입은 후였다. 극심한 화상에 생존 확률은 희박했다. 결국 분신 20일 만에 승희도 경대를 따라 캠퍼스를 떠났다. 그리고 그녀의 외마디 날갯짓은 학교를 교문을 떠나 순식간에 전국으로 퍼져나갔다.

5월 1일

승희의 분신 소식을 실은 신문은 일제히 전국으로 뻗어 나갔다. 젊은 대학생의 분신 후폭풍이 채 가시지 않은 시점에서 안동대학교 내에서도 '강경대 열사 추모식과 공안폭력정권 타도 집회'가 끓어오르고 있었다. 뜨거운 정오를 지나자 집회의 분위기는 더위와 함께 더욱 강렬해지고 있었다.

그런데 학생들이 모여 있는 민주화 광장을 향해 무엇인가 뛰어오고 있었다. 이글거리는 움직임이 사람인 것 같았지만 불꽃이 너무 선명해 모두들 당황한 채 지켜보고만 있었다. 하지만 화염 속에서 절규하는 것은 분명 사람이었다.

"살인폭력 민중탄압 즉각 중단하라!"

찢어질 듯한 외침이 불길을 뚫고 날카롭게 삐져나왔다. 아무도 예상 치 못한 분신에 학생들은 서둘러 불길을 잡으려 했지만 그 속에 있는 사람은 정신을 잃은 상태였다. 불꽃 속에 절규를 외친 사람은 민속학 과 부회장 김영균 학생이었다.

그는 목소리를 멈추지 않았다.

"살인폭력 정권을 타도하자! 노태우 정권은 물러가라…"

약해지는 목소리 속으로 영균도 의식을 잃었다. 전신 3도 화상을 입 은 영균은 경북대 병원으로 옮겨졌다. 하지만 외부 화상은 그렇다 치 고 기도화상이 너무 심해 회복이 불가능했다. 불길 속에 외침만 없었 어도 살 수 있었을 텐데. 영균의 가슴속 응어리는 그것조차 허락하지 않았다. 결국 세상은 영균이 학교에 남는 것을 허락지 않고 승희 곁으 로 데려갔다.

이제 강경대 치사사건 이후 박승희·김영균 학생의 연이은 분신에 전 국의 민심은 말 그대로 폭발해버렸다. 수백만 개의 다이너마이트가 어설픈 민주화란 그늘 아래 숨죽이고 있었지만 이들의 분신은 국민의 분노를 최고치로 끌어올리며 정국을 집어삼키고 있었다.

 대한민국 전체에 정권퇴진 불길이 타올랐다. 전국에서 10만여 명이 넘는 사람들이 집회로 분노를 표현하기 시작했다. 분신이라는 극단적인 선택이 사람들의 뇌리에 강하게 박혔다. 재야 운동권 사람들도 이번에야말로 '군부정권의 잔재를 퇴출시키겠다'는 다짐으로 달아올랐다. 잇따른 학생들의 절규에 대학교수들까지 성명서를 내고 정권의 심판에 힘을 실어갔다. 다급해진 정부는 강경진압으로 맞서며 경찰병력을 투입했다. 여기저기 전국 각지에서 부상자들도 속출했다. 몇 날 며칠 동안 시위대와 경찰은 무한대치를 계속해나갔다.

 지금의 현실, 민혁은 꿈을 꾸는 듯했다. 무리한 경찰의 진압이 언젠간 큰 사단을 일으킬 것이라는 것은 모두가 공감했던 부분이었다. 하지만 분신하는 사람이 나올 것이라 생각하는 이는 많지 않았다. 아니 거의 없었다. 아름다운 청년 전태일 열사가 평화시장에서 '근로기준법을 지켜라' 부르짖으며 강하게 뇌리에 박혔던 분신이란 단어를 적어도 최근까진 들어본 적이 없었다. 박승희, 김영균의 분신이 그때와 같이 지금의 이런 국민들 분위기에 엄청난 촉매로 작용했다는 사실은 의심할 여지가 없었다. 이제는 전국에서 현 정권을 타도하자고 외치는 실정이었다. 지금의 기회를 놓칠 순 없었지만 반대로 목숨과도 바꿔서 자신의 의지를 표현하고 생을 마감한 박승희, 김영균 학생에게는 절로 고개가 숙여졌다.

민혁은 자취방으로 돌아오는 길에 문득 하늘을 봤다. 실같이 살짝 드리운 초승달이 엷은 빛을 뿜내고 있었다. 곧 꺼질 듯 말 듯한 한줄기 빛 가닥이 민혁의 눈으로 빨려들어 왔다.

　전혀 생각지 않았던 단어가 민혁의 머릿속 옅은 수묵화처럼 채색되고 있었다.

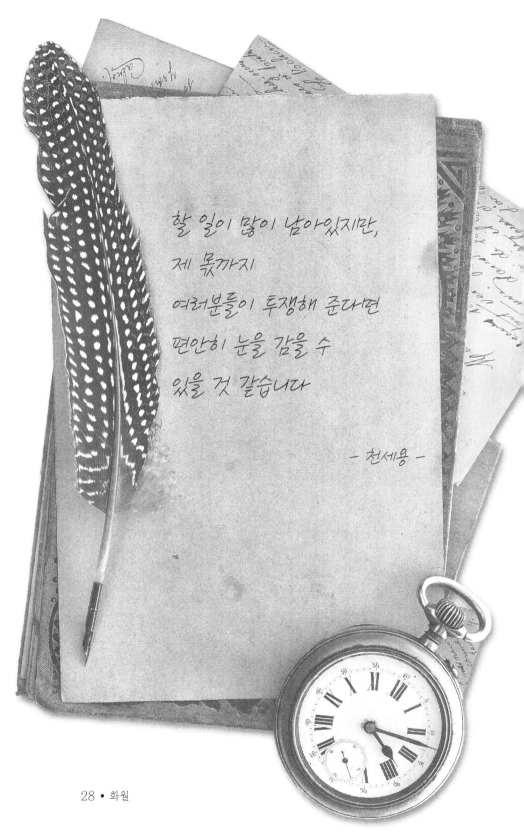

할 일이 많이 남아있지만,

제 몫까지

여러분들이 투쟁해 준다면

편안히 눈을 감을 수

있을 것 같습니다

― 천세용 ―

5월 4일

이제 더 이상 대학가에서 수업을 찾아볼 수 없었다. 대자보가 강의실 교재가 되었고, 아스팔트가 학생들의 침대였으며, 여기저기 들려오는 구호와 시위 노랫말을 자장가로 바꾼 지 오래였다.

경원대에서도 시위의 분위기가 고조되어 갔다. 이날 경원대에선 '살인폭력 노태우 정권 퇴진 경원인 궐기대회'가 한창이었다. 학생들은 노래를 부르고 구호를 외치며 노태우 정권 타도를 외치고 있었다. 이들의 마음속엔 오로지 현 정권을 역사의 심판대에 올리고 정의를 실현하는 다짐으로 가득 차 있었다. 이미 학생들로 가득한 캠퍼스에서 오후 세 시쯤부터 본격적인 집회를 시작하기 위해 하나, 둘 통일계단으로 모여들고 있었다.

"학우여. 이제 복수다. 6천 경원인 단결투쟁으로 노태우 정권 타도하자!"

학생들이 구호를 외치며 대회 분위기가 무르익는 그 순간 경원대 통일계단에서 불과 30미터 떨어진 창조관 건물 국기게양대에서 쩌렁쩌렁한 남성의 목소리가 들려왔다. 학생들의 시선이 소리에 이끌려 난간으로 향했다. 분명 누군가가 서 있었다.

"노태우 정권을 타도하자!"

큰 외침과 함께 마지막 목소리를 끝으로 불길이 타오르고 있었다.

시선은 모두 불길에 얼어붙어 버렸다. 아직 상황판단이 서지 않은 사람들은 비명조차 지르지 못했다. 시선이 모인 곳에 서 있던 사람은 그대로 1층을 향하며 투박한 소리를 내고 떨어졌다. 경원대 천세용. 그도 정권타도를 외치고 분신을 끝으로 승희 곁을 따라갔다.

다음날 조간신문의 1면은 모두 천세용 학생의 분신과 연이은 정권퇴진 운동으로 장식됐다. 『대학생 또 분신』, 『분신의 그림자』, 『정권 퇴진과 죽음의 그림자』 등등 신문 1면의 자극적인 문구가 사람들을 멈춰 서게 했다. 몸에 불을 붙이는 극단적인 방법의 분신이란 행위가 결코 가볍지 않았기에 받아들이는 사람들의 느낌도 강렬하기만 했다. 시민들은 신문을 읽기만 할 뿐인데 사방으로 분신을 할 때 나는 매캐한 냄새를 느끼기까지 했다. 상상 속에서 자신을 분신이라는 극단적인 상황에 대입시켜보는 사람도 있었다. 모두가 신문을 보고 눈을 감으며 긴 한숨을 내 쉬었다.

하지만 보수신문의 논조는 달랐다. 현 정권의 문제는 지적하지 않고 시위와 데모의 폐해만 집중적으로 다뤄 보도하기도 했다. 그런 면에서 조선일보의 한 사설은 실로 엄청났다. 사설은 시인이자 작가인 김지하의 글이었다. 김지하가 누구던가? 『오적五賊』을 썼고 타오르는 목마름으로 민주주의를 외쳤던 사람이 아니었던가? 하지만 이번에 그의 연필로 『죽음의 굿판을 당장 걷어치워라』는 제목으로 적힌 글은 분신으로 생명을 끊는 젊은이들을 신랄하게 비난하고 있었다.

한편 시대의 젊은이들에게 이제 세상에는 더 이상 현 정권이 유지될
수 없다는 생각이 가득했다. 특히 재야운동권 입장에선 더 이상의 침
묵은 있어서도 있을 수도 없다고 판단했다. 그리고 시민들과 함께 선
봉에서 정권퇴진운동에 박차를 가해갔다. 지금의 분위기라면, 많이 미
안하고 가슴 아프지만, 경대·승희·영균아! 지금의 여론이면 충분이
노태우 정권을 무너뜨릴 수 있었다.

연인

"오빠는 나의 어떤 면이 좋아서 그렇게 바로 고백을 한 거예요?"

"음… 뭐랄까 처음 만난 순간부터 한 번도 느껴보지 못한 느낌이 왔어."

"그게 뭐예요?"

"에이, 그 느낌을 말로 표현할 수 있었다면 말해줬겠지."

"그게 뭐예요?"

"비밀이야."

민혁은 혜민을 소개받고 다음에 만날 때 자신의 마음을 고백했다. 그녀는 그만큼 강력하게 민혁에게 다가왔다. 첫 느낌은 그냥 예쁜 얼굴에 밝은 여성이었다. 하지만 이야기를 하면 할수록 그녀의 생각과 가치관이 자신이 가지지 못한 부분이어서 더욱 매력적으로 보였다. 쾌

활한 성격이었던 그녀는 첫 만남 내내 민혁을 웃게 만들었다. 그렇다고 혜민이 가볍게 보인 것이 아니었다. 그녀의 매력은 있는 그대로 미소 짓게 만들었다.

민혁은 고백했던 날이 생각났다. 첫 만남 이후 다음날 바로 만나서 고백을 했다. 함께 식사를 하고, 차를 마신 뒤 집에 가기 위해 버스 정류장으로 그녀를 배웅하는 길이었다. 겨울 한파에 날씨는 추웠지만, 둘은 자판기 커피를 뽑아 정류장에 앉았다. 두 번째 만남이라 할 이야기가 넘쳤기 때문에 혜민 역시 바로 집에 가기보다는 이야기를 더 하고 싶었다. 혜민이 느끼기에도 민혁은 지적이고 매력적인 남자였다.

"제가 학생운동을 많이 해서 학교에서 퇴학당했어요."
"괜찮아요, 그게 무슨 상관이에요. 분명 목적을 가지고 옳은 일을 하다가 그런 건데. 솔직하게 말해서 지금 학교에 앉아서 공부만 하는 친구들이 우수하다고 할 수 있을까요? 시대적 흐름을 이용해 이기적으로 이용하는 거나 마찬가지죠."

민혁은 혜민의 말을 듣자 가슴이 뻥 뚫리는 것만 같았다. 그녀는 지금 자신이 대학생이든 아니든 중요하게 생각하지 않았다. 자신이 믿는 신념과 옳은 행동을 했으면 그 자체로 높이 평가한다고 했기 때문이었다. 그 순간 민혁은 자기 옆에서 두 손으로 커피를 입김으로 불며 마시고 있는 사람을 놓치고 싶지 않았다.

"혜민 씨. 제 시간을 당신과 공유하고 싶습니다."

"네?"

옆에 앉아 있던 민혁의 뜬금없는 말에 혜민은 놀라며 물었다.

"저 혜민 씨와 진지하게 교제를 하고 싶습니다. 당신은 제 인생을 걸고 마음을 나눌 수 있는 사람인 것 같습니다. 그래서 제 남은 시간을 당신과 공유하고 싶습니다."

"아직 제가 준비가… 우리 두 번 봤어요. 그런데 어떻게…"

"만남의 횟수로 누군가를 알 수 있다면 새로 시작할 수 있는 연인은 얼마 없을 것입니다. 어제 혜민 씨를 만나서 이야기를 하고 제 나름의 느낌이 있었습니다. 그리고 오늘 만나서 데이트를 하니 이제 확신이 섰습니다."

민혁은 낮은 음성으로 혜민의 얼굴과 자신의 왼손에 담긴 커피를 번갈아 보며 말을 이어갔다. 목소리가 떨렸지만 중간에 끊어지진 않았다. 혜민의 양 볼은 차가운 바람의 짓궂은 장난 때문인지, 민혁의 달콤함 고백 때문인지 붉게 물들었다.

"급하게 지금 어떤 답을 달라고 하진 않을게요. 충분히 생각해 보신 뒤에 말씀해주세요."

"네."

"제가 갑자기 고백해서 많이 당황하셨죠?"

"네. 조금. 오늘은 전혀 생각을 못했거든요."

"미안해요. 제가 마음에 있는 것을 숨기거나 하지 못하는 성격이어서."

"네."

민혁의 돌직구 같은 말 때문이었는지 혜민은 많이 당황해 했다. 하지만 그녀의 얼굴은 싫은 눈치만은 아닌 것 같았다. 민혁의 고백 때문인지 정류장 내의 분위기는 더욱 어색해졌다. 민혁과 혜민은 나란히 앉은 채 잡은 커피만 마셨다.

"저기 오는 버스 타면 될 것 같아요. 오늘 즐거웠어요. 조심히 들어가요."

"네. 저도 너무 즐거웠습니다."

혜민은 멀리서 오는 첫 번째 버스를 향해 뛰어갔다. 민혁은 그녀의 뒷모습을 향해 인사를 했다. 혜민도 버스 창을 통해 민혁에게 인사하고 이내 고개를 돌리며 자리에 앉았다.

하지만 그 뒤로 혜민에게 아무런 연락을 받을 수 없었다. 민혁은 혜민에게 먼저 연락을 할까 생각도 했다. 수화기를 들고 전화를 하려고 했지만 그때마다 자신이 먼저 고백을 하고 생각할 시간을 준다고 말했던 것이 떠올랐다.

'내가 너무 성급했나…'

민혁은 자신의 말을 후회하진 않았지만, 그녀를 다시 만날 수 없다는 것에 아쉬움이 생기기 시작했다. 차라리 조금 늦게 말했으면 하는 생각도 떠올랐다. 혜민의 전화를 기다리는 시간이 너무나 견디기 힘든 고문과도 같았다.

　닷새가 지났다. 민혁은 좀처럼 잘 들어오지 않는 사무실에 서류 정리차 들어와 있었다. 아홉 시가 넘은 시간이지만 민혁과 기훈은 전민련 사무실에서 퇴근하지 못했다. 연일 넘쳐흐르는 서류 때문에 하루하루가 부족했다. 강경대 치사사건 이후로 더욱 많아진 업무를 사무실에서 조율해야 했기에 집에 들어간 날이 손에 꼽을 정도였다.

　함께 일을 하고 있던 민혁은 아홉 시 뉴스가 끝나자 기훈에게 부탁받은 서류작업과 업무일지 정리를 끝내고 먼저 퇴근했다. 하지만 기훈은 점점 서류 더미 속에서 빠져 헤어 나오지 못하고 있었다. 이런 분위기라면 주말은 고스란히 반납해야만 할 처지였다.

　기훈의 일과는 전국 집회 상황을 정리하고 마무리하는 것이었다. 분신한 열사들의 죽음에 힘을 받아 정권심판과 정권타도의 목소리를 전국으로 옮겨 확산시키는 것이 전민련의 중요한 일이었다. 조금 전 일을 마치고 퇴근한 민혁은 기훈이 눈여겨본 후배 중 한 명이었다. 말수는 적지만 항상 현장에 발 벗고 나가 사람들과 함께하는 후배였다. 자신이 총무부 소속의 사무직이라면 그는 사회부 현장직에 가까웠다. 그런 현장의 정과 땀이 민혁에겐 더욱 어울리는 듯했다. 성격도 바르고 듬직해 보여 얼마 전 여자 친구인 수연을 통해 후배 혜민이를 소개시켜주기도 했다.

"민혁아, 전화 왔다."
"네. 선배."

기훈은 전민련 사무실로 민혁을 향해 걸려온 전화를 바꿔 줬다. 전화를 받은 민혁의 얼굴이 당황하는 기색으로 가득했다. 기훈은 슬며시 자리를 비켜 주었다. 5분도 되지 않는 통화시간이었지만, 민혁의 얼굴은 세상을 다 가진듯 행복이 가득했다. 이윽고 수화기를 내려놓은 민혁은 자리에서 펄쩍 뛰며 기뻐했다. 그때 멀리서 민혁을 지켜보던 기훈이 다시 다가왔다.

"혜민이가 뭐래?"
"기훈 선배, 혜민이가 전화한 지 알고 계셨어요?"

민혁은 얼굴이 빨개지며 기훈에게 물었다.

"너 바보 아니야? 내가 혜민이를 너한테 소개시켜 줬잖아!"
"아 맞다! 죄송해요 선배."

전화 때문에 너무 당황한 나머지 민혁은 기훈이 혜민의 선배란 것을 잊고 있었다.

"그래서, 둘이 잘되는 거야?"
"네. 제가 지난번에 고백했는데 주말에 만나서 데이트하자네요."
"이야 박민혁. 축하해! 혜민이 정말 괜찮은 애야. 잘해줘라."
"너무 감사드려요 선배. 선배 덕분에 정말 좋은 여자친구를 만난 것 같습니다."

민혁은 너무나 기뻐서 서류 정리하는 일도 잊고 밖으로 뛰어 나갔다. 적어도 오늘은 일하지 않고 이 기분을 만끽하고 싶었다.

한양대 법대를 다니다가 학생회 활동을 하면서 자퇴를 했다고 들었는데 그도 그럴 것이 저런 강직한 친구가 학생회 활동을 하면 얼마나 강성이었을지 짐작이 갔다. 그런 후배이기에 얼굴을 볼 수 있는 것은 일주일에 한 번, 오직 사무실에 서류 정리를 할 때 잠시뿐이었다. 민혁 생각으로 잠시 한눈을 팔았던 기훈은 퉁명스럽게 재깍이는 시침을 긴 침묵으로 보낸 후 자정이 되어서야 퇴근할 수 있었다.

다음 날 아침 기훈은 조금 늦게 잠에서 깼다. 햇빛이 창가로 발을 들인 후였다. 시계를 보니 오전 11시를 조금 지나고 있었다. 기훈은 서둘러 침대에서 나와 욕실로 뛰어갔다. 모처럼 맞은 휴일 오후를 여자친구 수연과 후배 혜민이, 그리고 철수와 함께 보내기로 했기 때문이다. 준비를 마치고 밖으로 나왔을 때 공기는 따스하고 상쾌했다. 봄기운이 퍼진 5월 5일이었다. 어린이날이라서 그런지 밖은 가족단위 나들이객으로 가득했다. 지하철에는 부모님과 함께 나들이에 나선 아이들의 미소가 풍선과 함께 둥실거리고 있었다.

힘든 한주였지만, 어린이날을 핑계로 잡은 철수의 생일파티가 내심 기다려진 한주였다. 철수는 기훈의 대학 동기인데 수연과 함께 곧잘 어울렸다. 파티 멤버들은 수연의 집에서 1차 모꼬지를 도모하기로 했다. 건대 입구에서 내린 기훈은 근처 슈퍼에서 주스를 한 병 사서 약속 장소로 향했다. 도착한 수연의 집에는 혜민이 먼저 와있었다.

"혜민이 오랜만이네."
"네. 형 오랜만이에요."

모처럼 만난 둘은 반갑게 인사했다. 대학 시절 때부터 안면이 있던 사이였지만 지금은 직장후배의 여자친구이기도 했다. 기훈이 미팅을 주선한 결과였다.

"어제 잠깐 민혁이가 사무실에 들어온 거 봤는데, 요즘 엄청 바빠 보이더라?"
"그러게. 저도 잘 못 봐요. 아무래도 여기저기 시끄러운 만큼 만날 사람들이 많은가 봐요."

"그래도 민혁이 같은 애가 없어. 진국이야. 잘 만나봐."

"고마워요 형."

뒤이어 철수가 도착하자 수연은 파티를 위해 요리를 준비했다. 얼마 뒤 수연은 바빠서 끼니를 잘 챙겨 먹지 못한 기훈을 위해 돼지고기 두루치기를 만들어 왔다.

"우리 막걸리 한 잔씩만 할까?"

"좋아."

기훈의 제안에 철수가 선뜻 응하며 술을 찾았다. 다행히 수연이 미리 사놓은 막걸리가 있었다. 넷이서 이런저런 이야기를 하다 보니 사놓았던 막걸리 두 병을 다 비웠다. 따스한 날씨에 편안한 휴일 기운이 계속해서 술을 불러들였다.

모처럼 자유에 밑 빠진 독처럼 술을 마시던 기훈은 아직 부족한 듯 계속해서 술을 마시고 싶었다. 집에 남아있는 술이 없는 터라 건대 쪽 술집으로 자리를 옮기기로 했다. 기훈과 친구들은 짐을 챙겨 수연의 집을 나온 뒤 건대 입구 쪽으로 향했다. 휴일이지만 건대는 술집을 찾는 손님들로 가득 찼다. 가게 밖에서부터 노릇노릇하게 구워지는 고갈비가 그들의 발걸음을 붙잡고 놓아주질 않았다.

"레이디들, 고갈비도 괜찮지?"

기훈은 수연과 혜민이 고등어 냄새를 싫어할까봐 먼저 물어봤다. 철수만 있으면 문제가 없었지만 같이 있었기 때문에 의견 조율이 필요했다.

"괜찮아. 맛있어 보여."

넷은 콧속에서 맴돌던 연기에 이끌려 오래된 고갈비집으로 들어갔다. 술은 기훈과 철수 위주로 잔이 돌아갔다. 기훈은 생각보다 술이 빨리 올랐다. 밤은 깊어가고 있었고 일요일 시계는 거의 다 저물었지만, 기훈의 기분은 가라앉을 줄 몰랐다.

"우리 한 잔만 더하자. 응?"
"미안 나 내일 일찍 회사로 가야 돼서, 먼저 갈게. 좀 더 놀다 들어가."

여자 친구인 수연은 미안해하면서 다음날 출근을 위해 미안해하면서 먼저 자리를 떠났다.

"혜민이도 가야 돼?"
"아니 괜찮아요. 형, 조금 더 마시다 가요."

아쉬운 듯 묻는 기훈의 목소리에 미안해진 혜민은 조금 더 같이 있기로 했다. 2차, 3차 술자리가 끝나고 시간은 새벽 한 시가 다 되어갔다. 이제 혜민도 출근 때문에 기회를 봐서 나가려고 했다. 하지만 기훈의 술사랑은 끝날 기미가 보이지 않았다. 지난번 남자친구 때문에 집에서도 경고를 받았던 터라 빨리 가야 되는 마음이 조급해져만 갔다.

"형, 저 이제 가야 될 것 같아요. 안 그러면 아버지께 혼나요."
"혜민아! 한 잔만 더하자."
"기훈아 너 취했어."

옆에서 술을 대작하던 철수가 기훈을 말리기 시작했다.

"너까지 오늘 왜 이러냐 철수야."

엉터리처럼 투정하는 기훈은 결국 땅바닥에 주저앉아 술을 가져오라고 난리를 피웠다.

"형. 저 빨리 가야 되는데…."

혜민이 난처해 하자 철수가 기훈의 몸을 부축하며 일으켜 세웠다.

"내일모레 서른인 녀석이 남부끄럽게 이게 뭐하는 거야?"

철수는 기훈을 의자에 앉히며 어깨를 흔들어 술을 깨웠다.

"혜민아, 내가 데리고 나갈게. 나가자. 이 녀석 더 이상은 안 되겠어."

철수도 더 이상 술을 마실 수 없었기에 기훈을 부축하며 가게 밖으로 나왔다.

"혜민아 먼저 택시 타고 가. 난 다음 택시로 기훈이 태워서 보낼게."
"네. 오늘 즐거웠어요. 늦었지만 생일 축하해요."
"응. 고마워."

3번 출구 쪽에서 대기하고 있던 택시를 타고 혜민이 먼저 건대를 떠났다. 철수는 기훈을 뒤차에 태우고 기훈의 집 주소를 말하며 집으로 돌려보냈다. 기훈은 언제 그랬다는 듯 앉자마자 바로 잠들었다.

다음날 기훈은 실신한 사람처럼 하루 종일 방에 뻗어 있어야만 했다. 숙취가 뼛속까지 퍼져 있어서 침대에서 일어날 수가 없었다. 어제 무슨 일을 했는지 엉덩이가 너무 아팠다. 옷은 먼지에 흙투성이가 되어있었다. 울렁거리는 속 때문에 몇 번이고 화장실을 들락거렸다. 직감적으로 기훈은 어제 필름이 끊어졌다는 것을 짐작할 수 있었다.

'아… 속이…'

결국 회사를 하루를 결근한 기훈은 다음날이 되어서야 사무실로 출근할 수 있었다. 몸이 아파 결근했다고 해서 사무실 직원들이 기훈을 기다리며 걱정하고 있었다.

"기훈아 너 괜찮은 거야?"
"죄송합니다. 제가 그저께 너무 과음해서 제정신이 아니었습니다."

사무실에서 일하는 선배 한 명이 기훈이 술병으로 쓰러진 줄 모르고 있었다가 어이없어하며 등을 한 대 후려쳤다. 심각한 분위기의 사무실을 찰싹 소리와 함께 안도와 다행으로 바뀌었다.

"너, 너, 너⋯ 나는 그래도 어제 출근했다!"

철수가 웃으면서 기훈을 비꼬았다.

"미안하다야, 그날 내가 실수하진 않았냐?"

기훈은 조각난 기억을 철수에게서 찾아보려 했다.

"야 말도 마라, 진상, 진상, 개 진상이었어 너 어제, 내가 혜민이었다면 한 대 쳤을 거다."
"그 정도였어? 아⋯ 정말⋯ 나도 내가 싫다."

뭔지 모르지만 술의 암흑 가운데 자신이 혜민에게 큰 실수를 저지른 것 같았다. 찝찝한 기분으로 기훈은 밀려있던 일을 시작했다. 너무

일에 빠진 사이 퇴근시간이 다가왔다. 마저 해야할 일이 남아 있었지만 오늘은 선약이 있었다. 마음이 꺼림직했지만 기훈은 수연을 만나 어버이날 선물을 고르기로 했기에 정리하고 회사를 빠져나왔다. 퇴근 길에 수연을 만난 기훈은 신촌에서 간단히 식사를 함께했다. 그리고 백화점에 들러 어버이날에 드릴 어머니 선물을 함께 골랐다. 젊은이들로 가득한 신촌 거리에는 선물을 사려는 커플들로 가득했다.

"형! 그날 나 집에 가고 나서도 술 엄청 마셨다며?"

수연이 웃으며 기훈에게 물었다.

"응. 그랬나 봐. 철수가 그러던데 내가 혜민이한테 실수까지 했대."
"못살겠어 정말. 오늘 꼭 전화해서 꼭 미안하다고 해."
"그래야겠지?"
"그걸 말이라고 해?"

수연은 기훈과 헤어지는 순간까지 혜민에게 사과할 것을 당부했다. 기훈은 집에 가서 바로 혜민이에게 전화하겠다고 약속했다. 선물을 사고 여자친구를 건대까지 데려다 주고 서둘러 집으로 돌아왔다. 집에 들어오니 저녁 열 시가 넘어서고 있었다. 기훈은 샤워를 한 뒤 책상에 앉아 잠깐 어제 기억의 조각을 회상하면서 한 일을 되새기고 있었다.

-따르르릉-

사과하려고 마음을 가다듬고 있는데 갑자기 전화벨이 울렸다.

"여보세요?"

순간적으로 전화를 받은 기훈은 상대가 누군지 금세 알 수 있었다. 혜민이었다. 하지만 평소와 다르게 목소리가 많이 가라앉아 있었다.

'역시… 내가 큰 실수를 한 것 같구나….'

기훈은 혜민이 이 시간에 전화한 이유가 그날 자신의 실수 때문이라 생각했다.

"오빠 무슨 일 있었어? 회사에 안 나왔다며. 어디 아픈 건 아니지?"
"응. 그날 새벽 술을 너무 많이 마셔서… 혜민아! 미안하다. 미안해… 내가 정말 미안하다…."
"괜찮아… 형, 민혁 오빠에게 무슨 일 있는 거 아니죠?"
"민혁이? 아니 아무 일도 없는데?"
"그냥 요즘 조금 이상해서요. 별일 없는 거 맞죠?"
"그럼. 걱정 마. 무슨 일 있으면 내가 바로 다 해결할게."

기훈은 혜민의 마음을 사기 위해 금방이라도 민혁에게 달려갈 것 같이 말했다.

"고마워요 형. 혹시 모르니까 민혁 오빠 전화번호 하나 적어 놓으세요. 무슨 일 생기면 좀 알려 줘요."

"그래그래. 말해줘."

그녀에게 사과해야 한다는 생각이 가득했던 기훈은 혜민이 부를 번호를 적지도 않은 채 듣고만 있었다. 몇 번의 사과 끝에 식은땀이 나는 전화통화가 끝났다. 그제야 기훈은 아까 혜민이 한 말을 되새길 수 있었다.

'왜 민혁이 전화번호를 불러줬지? 별거 아니겠지?'

기훈은 혜민의 말을 심각하게 받아들이지 않고 전날 마무리 못한 번역 일을 하다 새벽이 한참 넘어서야 잠이 들었다. 꿈도 꾸지 않는 편안한 잠이었다.

"혜민아! 머리가 왜 이래?"

"아무 일도 아니야."

"아무 일도 아니긴, 며칠 전만 해도 길었는데 단발로 바뀐 게 아무 일도 아니야?"

"그냥 좀 변화를 주고 싶어서."

저는 얼마 전 있었던 일을 오빠에게 감추고 싶었습니다.

"왜 무슨 일인데. 말해봐. 오빠한테 말 못하는 것도 있는 거야?"

"그게… 너무 신경 쓰지 마."

"너까지 왜 이래. 가뜩이나 오빠도 힘든데…."

저는 너무 난처했습니다. 오빠에게 도무지 아버지께서 밤늦게 돌아다니는 저를 보고 화가 나서 머리를 잘랐다고 말할 수 없잖아요? 지난 새벽 오빠가 힘들다고 해서 함께 있었던 것이 아버지에겐 용납할 수 없는 일이었나 봅니다. 하지만 사실대로 말하면 오빠가 더 미안해하고 실망할 것 같아서 말하고 싶지 않았습니다. 그래서 그냥 신경 쓰지 말라고 했을 뿐인데 도리어 화를 내는 오빠를 보니 왠지 사실대로 이야기해야 할 것 같습니다.

"오빠, 나 사실 아버지께 만나는 남자친구 있다고 말씀드렸어."

"정말? 아버지 엄청 엄격하시다고 하지 않았어? 그래도 괜찮아?"

"응. 괜찮아."

"내 이야기도 한 거야?"

"응."

그날 밤 아버지는 내가 최근 가족들 몰래 남자를 만나고 있다는 것에 놀람과 서운함, 그리고 화를 가라앉히질 못하셨습니다. 그런 아버지께 전국민족민주화연합에서 일하는 남자친구란 가당치도 않은 존재였을 것이기에 더욱더 밝힐 수는 없었죠.

"뭐라고 하시는데?"

"그냥 밤늦게 다니지 말라고 말씀하셨어."

"그것 때문에 머리카락을 잘린 거야?"

"응…."

"미안해 혜민아… 오빠 때문에 그랬구나. 별다른 말씀은 없으셨어?"

"응."

저는 차마 아버지께 대학생 남자친구를 사귀고 있다고 거짓말한 것을 오빠에게 말할 수 없었습니다. 전민련에서 일하는 오빠는 많이 힘들어하고 고생했지만 나름 자부심을 가지고 있었기 때문입니다. 그래서 전민련 이야기는 그냥 가슴에 묻고 아버지께 한양대 학생으로 소개했습니다. 평소 아버지 성격에 대해 이런저런 이야기를 해둬 오빠도 아버지와의 일에 대해 의심하진 않았지만, 여전히 불안해하는 모습이었습니다.

"내가 전민련에서 일한다고 말씀드렸어?"

"응. 다 알고 계셔."

"아무 말씀 없으셨어?"

"응."

왜 제가 지금 사랑하는 사람에게 거짓말을 해야 하는가에 대해 생각하니 너무 가슴이 아팠습니다. 아마 그 모습이 제 얼굴에 고스란히 묻어났나 봅니다. 오빠도 이상한 기운을 느꼈는지 계속 불편해하는 것 같았습니다.

"정말 괜찮은 거야? 오빠한테 뭐 말 안 한 거 없어?"
"응…."
"정말? 정말 없는 거야?"
"…."
"말해봐 괜찮아."

사랑하는 사람이 집에서 인정받지 못한다는 사실을 알리는 게 얼마나 힘든 일인지는 겪어보지 않은 사람은 알지 못할 것입니다. 저는 그 고통을 오빠에게 주기 싫었습니다.

"오빠 나 사실… 아버지께 오빠 아직 학생이라고 했어."
"학생? 내가 아직 한양대에 다닌다고 했어?"
"응."
"전민련에서 일하는 것은 말 안 하고?"
"응. 그랬다간 큰일이 날 것만 같아서."
"…."
"기분 나쁘지? 미안해. 나라도 그럴 것 같아."
"…."

저는 오빠의 눈 끝에서 실망이 묻어남을 느낄 수 있었습니다. 제 마음이 너무 아프네요….

"말하면 아버지께서 많이 싫어하시겠지?"
"조금…."

저는 미안한 마음을 감출 수 없습니다. 사랑하는 사람이 자신이 좋아하는 일을 하면서도 인정받지 못해 괴로워하는 모습을 그저 보고 있어야만 했기에 그 고통은 더 크기만 합니다.

나 죽어
민주주의 혁명의 도화선이 되자는
생각을 가지려고 애썼고,

때로는
정말 죽음을 통해
역사의 이정표를 세운다는
작은 영웅심에 사로잡혀보기도 했지만,
도살에 대한 공포를
제거할 수는 없었다.

- 『사랑의 조건』 中 -

사랑의 조건

　정권에 대한 뇌관이 여기저기서 폭발하여 솟구치자, 민혁의 개인적 고민과 더불어 전민련 일이 정신없이 늘어났다. 집회와 시위의 지원 여부, 앞으로 계획, 그리고 함께 참여할 수 있는지를 묻는 전화가 급속히 증가했다. 분신이라는 극단적 선택이 가져온 정권에 대한 분노는 실로 엄청났다. 그런 일상 속에서 정신없이 하루를 보내니 시간 가는 줄도 몰랐다. 게다가 매일같이 밖으로 돌아다녀야 하는 업무 특성상 피로도 높아졌지만 고인이 된 열사들 때문에 본인의 고통은 어디에 명함도 내놓을 수 없는 입장이었다.

　하지만 무엇보다도 민혁을 힘들게 하는 것은 바로 자기 자신이었다. 시대에 아픔을 치유하고 지금의 변혁을 함께 이끌어야 하지만 자신이 할 수 있는 일이 없다는 것에 스스로가 고통스러워했다. 분신이라는 선택을 한 것은 젊은 학생들이었다. 그들은 자신의 뜻을 세상을 알리기 위해 극단의 선택에서 머뭇거리지도 않았다. 그런 생각을 하니 일을 한다는 핑계로 자신은 이번 사태에서 방관하고 있다는 생각마저 들었다. 민혁의 마음은 혼란과 고민 그리고 갈등으로 가득해져만 갔다. 대학생들의 죽음 앞에 자신은 아무것도 하지 않고 가만히 있는 것만 같아서 부끄럽기까지 했다.

그래서일까? 민혁은 일을 하다가도 멈춰서 한숨을 내쉬었다. 그건 분명 정권에 대한 한숨이었지만 자신에 대한 한숨이기도 했다. 눈을 감을 때마다 떠나간 젊은이들의 외침이 들리는 것만 같았다. 뜨거운 불길이 느껴지면서도 등에는 싸늘한 식은땀이 흘러내렸다.

'나보다 어린 학생들도 세상을 위해 이런 결단을 하는데, 전민련에서 일하기까지 하는 나는 도대체 무엇을 하고 있지⋯ 지금의 이 분위기가 계속 이어지면, 정말 저 더럽고 비열한 군부정권의 아류를 무너뜨릴 수 있을까? 그게 가능하다면⋯'

전남대 박승희 학생 분신 이후 이 질문은 민혁의 머리를 단 하루도 떠난 적이 없었다. 죄책감과 책임감이 항상 그의 어깨를 누르고 있었다. 거기에 또 다른 분신 소식이 들려올 때마다 그 무게는 제곱이 되어 그를 알 수 없는 난관으로 향하게 압박했다.

'내가 할 수 있는 최선은 무엇일까⋯'

민혁은 대학 진학을 포기한 그때를 떠올렸다. 학비도 학비였지만, 비겁하게 학교 속에서 세상을 외면하지 않고, 대한민국에 현실적인 빛과 소금이 되기 위해 택한 전민련이었다. 사회부 일을 맡으며 수많은 사람들을 만났다. 원진레이온 피해자에서부터 이번 운동의 관계자까지 민혁은 그들과 공감하며 약자의 편에서 세상을 바꾸겠다고 약속해 왔다.

민혁은 조심스럽게 여러 가지 생각을 해보았다. 자신이 처한 입장에서 가장 현명한 방법이 무엇인지, 가장 효과적인 방법이 무엇인지, 그리고 그가 할 수 있는 가장 최선의 방법이 무엇인지를 고민했다. 매일 밤 민혁은 이런 생각으로 며칠 밤잠을 이루지 못했다. 그때마다 책상에 놓인 『사랑의 조건』을 조금씩 읽어나갔다. 책 속의 주인공 모습을 보며 민혁은 어느새 자신을 대입하고 있었다. 『나 죽어 민주주의 혁명의 도화선이 되자는 생각을 가지려고 애썼고, 때로는 정말 죽음을 통해 역사의 이정표를 세운다는…』 민혁은 주인공들이 나눴던 대화, 그리고 책 속에 들어 있는 표현 한 구절 한 단락을 가슴 속에 담아뒀다 녹색 볼펜으로 줄을 치기도 하며 그 구절을 읊조리기도 했다. 그렇게 책의 구절구절은 민혁이 가슴속에 조심스레 씨앗을 키워갔다.

하루는 형광등을 끄고 촛불 아래에서 책을 읽는 중이었다. 전기 불빛보다 어두웠지만 책의 내용이 선명하게 머리에 들어왔다. 은근히 따뜻한 것이 느낌도 좋았다. 한참을 읽다가 초가 모두 타고 나서야 시간이 많이 흘렀다는 것을 알 수 있었다. 20cm가 넘던 초는 어느덧 5cm

가 채 남지 않았다. 스스로를 불태우면서 빛을 낸 양초, 그리고 그 빛이 누구에게 강렬하게 각인의 시간을 갖게 하는 불꽃. 순간 민혁에게 그 자신이 그리고 전민련이, 1991년 5월에 살고 있는 젊은 영혼이, 이 시대의 아픔을 위해 무엇을 해야 하는지에 대한 생각이 그의 뇌리를 스쳐 갔다.

그날 밤. 달은 왜 그렇게 따스한지, 새벽녘 밤공기는 왜 그렇게 정겨운지. 평소에 그냥 지나쳤던 계절이 가슴으로 밀려들어 왔다. 마르지 않은 잉크만이 가을밤의 정취를 더해갔다. 책상 위에 놓은 종이엔 펜 자국이 번져가고 있었다.

밤새 한숨도 못 자고 다짐을 고민한 민혁은 다음날도 정신없는 하루를 보냈다. 아침에 출근한 이후로 계속해서 밖으로만 돌아다니다 보니 끼니도 거르기 일쑤였다. 문득 길가다 상점 안에 보인 달력에 서서야 멈추어 설 수 있었다.

'오늘이… 5월 5일…5일?'

순간 민혁은 요즘 시간개념을 잊고 살았다는 생각이 들었다. 자칫 잘못하면 중요한 약속을 잊을 뻔했기 때문이었다. 내일은 동아리 소리 새벽 회원들과 만나기로 한 날이었다. 구성원들은 모두 노래를 좋아하고 사람 만나는 것을 좋아했다. 실질적인 노래 활동 보다는 친목의 활동 성격이 더욱 강했다. 민혁은 소리새벽 정식 회원이 아니었지만 지인의 소개로 소리새벽 회원들과 어울리며 친분을 쌓고 있었다.

다음날 정오 혜화동 방송대 앞에서 소리새벽 회원들이 하나둘 모습을 보이기 시작했다. 마로니에 공원에는 여전히 젊은 대학생들이 모여 자신을 뽐내고 있었다. 통기타를 치며 노래를 부르는 친구, 캔버스를 앞에 두고 그림을 그리는 친구. 모두가 타오르는 젊음 그 자체였다. 왠지 모르게 오늘은 그들의 젊음이 부럽게만 느껴졌다.

민혁은 대학이란 이야기가 나오면 대학을 간 적이 없기에 늘 가슴이 무거웠다. 지나가다 사람들이 선후배 이름을 물으며 안부를 전하면 어색하게 대화에서 뛰쳐나와야만 했다. 게다가 혜민의 집은 더욱 엄격하고 까다로웠기에 자신이 전민련에서 일하는 사실만 알더라도 당장 부모님은 교제에 반대하실 성격이셨다. 그런 그가 대학생도 아니었다면 그 뒷일은 불 보듯 뻔했다. 또한 그런 사실을 혜민에게 말했을 때 그녀가 받을 상처도 생각하기 싫었다.

잠시 민혁이 딴생각으로 자리를 비운 사이 모두 약속 장소에 와있었다. 오 분 일찍 도착했지만 마로니에 공원에서 학생들을 바라보다 본의 아니게 가장 늦게 온 지각생이 된 꼴이었다.

"뭐야. 제일 먼저 도착해서 약속시간을 지켜도 꼴찌가 된 거야?"

민혁의 농담에 모인 사람 모두 웃으며 그동안의 안부를 묻기 시작했다.

"점심 먹었어? 우리 밥이라도 먹으면서 이야기하자."

민혁은 동료들을 이끌고 밥을 먹으러 식당을 찾아 나섰다. 대학로 근처 식당에 자리를 잡자 사람들은 저마다 그동안 안부를 묻기 시작했다. 하지만 민혁은 지난밤 고민을 숨긴 채 대화를 이어갔다. 처음엔 자신의 이야기, 가족 이야기, 일 이야기를 풀어갔다. 마음속 주제와 연관됨이 없이 대화를 이끌어 가려고 했다. 하지만 마치 중력이 이끌리듯 자신의 입에서 학생들의 죽음에 대한 이야기가 터져 나올 것만 같았다. 그리고 자신의 마음속에 자리 잡은 하나의 행위에 대해 말할 것만 같았다.

결국 민혁은 회원들에게 술을 한잔 하자고 말했다. 술을 마셔서 지금의 생각을 떨쳐버리고 싶었다. 꾸물꾸물한 날씨 때문인지 소주보다는 막걸리가 더욱 마시고 싶었다. 나무 그릇에 탁하게 떠 있는 막걸리를 마시니 생각이 조금 안정됐다. 술기운에 기분도 조금씩 좋아지며 골치 아픈 생각을 잊고 웃을 수 있었다. 12시에 시작된 자리는 몇 차례 장소를 옮겨가며 계속됐다.

젊은 사람들이 모여 이야기를 나누는 만큼 연애와 사랑 이야기는 식을 줄 몰랐다. 서로의 연애관과 사랑관을 묻기도 하고 조언을 해 주기도 했다. 몇몇 사람들이 빠지고 민혁과 지연 그리고 시형만 남았다.

셋은 본격적으로 회사생활과 서로의 사랑 이야기를 했다. 민혁은 자신이 사랑하는 혜민의 이야기를 하며 웃음을 지어 보였다.

알딸딸하게 술을 많이 마신 셋은 대학로 학림다방에서 커피를 마시며 이야기를 계속했다. 학림다방은 지금의 젊은이들을 이해해주고 보호해주는 쉼터와도 같았다. 아직 커피를 무슨 맛인지 모르지만 따스한 다방 커피 한잔이 술기에 쳐진 몸을 더욱 기분 좋게 만들어 줬다.

꽤 오랜 시간을 학림다방에서 수다를 떨고, 셋은 다방에서 나와 큰길을 따라 종로5가까지 걸었다. 민혁은 갑자기 노래가 부르고 싶어졌다. 적당히 취한 기분이 그의 마음을 풀어 헤쳤다. 특별한 노래는 생각이 나지 않았지만, 며칠 전 텔레비전에서 스쳐갔던 노래가 떠올랐다.

『Besame besame mucho. Each time I bring you a kiss I hear music divine.

So besame besame mucho. I love you for ever say that you'll always be mine.』

옆에 있던 지연과 시형이도 거들며 노래를 불렀다. 다들 정확한 영어 가사를 몰랐지만, 베사메 무초와 멜로디만은 기억했다. 베사메 무초만 외치고 나머지는 흥얼거리며 따라 불러 나갔다. 그들을 스쳐 지나가던 사람들 모두 웃으면서 키득거렸다. 민혁은 지금 노래를 함께 부르는 이 순간 묘하게 진정한 소리새벽이 된 것만 같았다.

"내 주변 모든 사람들이 잘됐으면 좋겠어."

"당연하죠. 잘될 거예요."

"어디로 가지? 한잔 더하고 싶은데."

민혁은 가라앉지 않은 자신의 흥을 술로 채우고 싶었다. 그래야만 마음속에 가득한 그 단어를 잊을 수 있을 듯했다.

"그럼 편하게 여관에서 마셔요. 어차피 술값이나 여관비나 비슷하게 나올 거예요."

시형의 제안에 모두를 그게 좋겠다며 맞장구를 쳤다. 셋은 막걸리 5병과 새우깡 한 봉지, 그리고 맛동산을 사서 종로5가에 있는 종로 여관으로 들어갔다. 술을 사 들고 온 걸 본 주인은 난처한 기색을 보였지만 민혁이 조용히 하겠다고 약속을 했다. 숙박부는 민혁이 작성했다. 민혁은 노트에 서명을 하고 연락처를 적었다. 빠르게 흘러내려 간 글씨를 보고 주인아저씨가 물었다.

"이름이 박민혁 맞아?"

"네."

"여기 이 전화번호도 맞지? 혹시 술 마시고 소란 피우고 부수고 하면 내가 나중에 집에 전화를 걸어 다 청구할 거야."

"걱정 마세요 아저씨."

"다른 손님도 많으니까 너무 시끄럽게 하면 안 돼."

"네."

마지막까지 당부를 하는 주인의 시선을 뒤로하고 일행은 키를 받고 3층으로 발걸음을 옮겼다. 밤 10시가 다 되어서야 셋은 메고 있던 가방을 내려놓을 수 있었다. 침대도 없는 작은 여관방에 특유의 습한 냄새까지, 셋은 완전 기분에 취해 있었다. 시형은 여관 입구에서 미리 챙겨온 어제 날짜 한겨레신문에 과자를 펼쳤다.

『전국 20만 '살인' 규탄 시위
'백골단' 해체 촉구 국민대회, 서울 등 21곳… 시민 가세
도심 곳곳 진출 밤중까지 격렬 공방』

5월 5일, 한겨레신문 일면엔 신세계 백화점 앞에서 시위하고 있는 학생의 사진과 함께 잔인한 오월이 그대로 표현되어 있었다.

'고 강경대 씨 폭력살인 규탄과 박승희·김영균·천세용 씨 등 젊은이들이 분신해 죽게 한 책임을 물어…'

민혁은 자신의 잔 앞에 놓인 신문을 멍하니 바라보고 있었다. 갑자기 주체할 수 없는 기분이 민혁의 머릿속을 스쳐 지나갔다. 마음속 깊은 곳까지 감춰왔던 자신의 마음을 왠지 오늘의 사람들에게 말해야 할 것만 같은 충동이 계속해서 느꼈다. 전경과 대치하며 손을 들고 시위 중인 학생들. "타도 노태우, 해체 백골단" 그 구호가 민혁의 귓가에

계속 맴돌고 있었다. 민혁은 종이컵에 막걸리를 한 잔씩 따르고 건배를 외치며 그대로 비워버렸다.

지연은 컨디션이 조금 좋지 않았지만 민혁과 시형이 하는 이야기가 너무 재밌어 계속 듣고 술잔을 맞추고 있었다. 오늘 민혁의 표정이 그리 좋지 않다는 것을 조금 느낀 지연이었다. 그리고 그러한 표정이 여관에 들어와선 더욱 침울해지고 무거워짐을 확실하게 느낄 수 있었다.

여관에서 잔이 몇 번 돌지는 않았지만 낮부터 마신 술 때문에 잔뜩 취한 민혁은 했던 말을 계속 반복하기 시작했다.

"여러분 모두를 정말 사랑해. 정말 다 행복하고 잘 됐으면 좋겠어."

민혁은 고개를 숙이며 말을 멈췄다. 시형은 민혁이 술을 너무 많이 마신 게 아닌지 걱정됐다. 하지만 평소 민혁이 술 때문에 할 소리 못할 소리 하는 성격이 아니라는 것을 알았기에 크게 말리지 않았다.

이제 자신의 영혼이 완벽하게 술과 노래에 취하자 민혁은 마음속 빗장을 열어 사람들에게 자신의 의지를 알릴 준비를 했다. 절대 충동적이라 생각하진 않았다. 이미 충분히 생각하고 정리했던 일이었다. 다만 아직 누군가에게 그것을 전할 만큼 용기가 나지 않을 뿐이었다. 하지만 이젠 정확히 해야겠다는 생각이 강하게 들었다.

노래를 부르고 대화를 한 지 얼마 지나지 않아 고개를 숙이며 앉은 민혁의 자리 위로 뭔가가 떨어졌다. 한두 방을 떨어지던 것은 이내 쉴 새 없이 쏟아 내렸다. 민혁은 그 자리에서 웃으면서 울고 있었다. 그의 갑작스런 행동에 함께 웃고 이야기 나누던 지연과 시형 모두 당황했다.

"어쩌면 여러분을 앞으로 못 볼 것 같아…."

어버이날인 8일 이른 아침. 청와대는 긴급회의가 열리는 중이었다. 정해창 청와대 비서실장과 김기석 법무부 장관이 모인 이번 회의의 핵심은 강경대 치사사건 이후 연이어 일어난 분신정국에 대한 원인 분석이었다. 아무리 생각해봐도 대학생들이 연이어 분신을 하는 것에는 분명 이유가 있을 법했다.

전민련 측은 오늘을 마지막 시안으로 노재봉 총리를 포함한 노 내각이 사퇴하지 않으면 전국민 결의 연대가 있을 것이라고 으름장을 놓은 상태였다. 게다가 내일 9일은, 민자당 창당 기념일로 민자당 창당에 반대하는 시위가 여기저기서 터져 나올 분위기였다.

첩보 라인 일각에서는 분신의 배후를 의심할 만한 정황들이 있을 수 있다는 가정을 하고 있었지만 무엇 하나 뚜렷한 결과는 없는 상태였다. 회의를 마치고 나온 법무부 김기석 장관은 곧바로 검찰총장에게 전화를 걸었다.

"정 총장."

"네. 장관님."

"분명 이번 연쇄 분신에 배후가 있을 것이라고 윗선에서도 이야기하고 있습니다. 조사 중에 나온 특이사항은 없었습니까?"

"네. 아직까지 특별할 만한 일은 없었습니다. 장관님."

"아니 아무리 정권이 싫다고 해서니 대학생들이 목숨을 끊을 만큼이라는 겁니까?"

"뭔가 있는 것 같습니다."

정구영 총장도 답답하긴 마찬가지였다. 검찰이 나서서 분신 후 상황을 조사하고 있지만 특별한 성과는 없는 상태였다.

"요즘 분위기가 매우 안 좋은 거 알고 있죠 정 총장?"

"네. 장관님."

"여차 잘못하면 4.19처럼 학생들이 전국에서 동시에 일어날 수 있어요. 지금 분위기론 정권 하차도 가능할 수도 있습니다. 이럴 때 우리가 분위기를 잡아 이끌면 말 그대로 탄탄대로를 밟을 기회가 생길 수도 있습니다."

"네. 저도 이번 일들과 관련해 사활을 걸고 조사 중에 있습니다."

"정 총장이 다음에 내 자리를 맡아야 되지 않겠어요?"

"무슨 그런 말씀을 하십니까? 장관님. 아닙니다. 저는 아직 멀었습니다."

"이번에 위에서도 깜짝 놀라게 하나 만들어 보세요. 분명히 배후가 있을 것입니다. 없으면 있어야 되지 않겠어요?"

"네. 장관님."

"어쩌면 여러분을 앞으로 못 볼 것 같아…."

민혁이 울음을 그치고 처음으로 말을 꺼냈다. 목 너머로 가까스로 넘어온 말임을 알 수 있었다.

"전국 각지에서 대학생들이 정권타도를 외치며 분신을 했는데 더 이상은 결정을 미룰 수 없을 것 같아… 그렇다고 갑자기 생각한 것은 아니야. 얼마 전부터 고심 끝에 결정한 거야."

민혁의 입술이 파르르 떨렸지만 오히려 목소리는 이전보다 더욱 침착했다. 같이 앉은 지연은 지금 이 상황을 정확히 이해하지 못하고 주사로 생각했다.

"분신이란 행위가 과격하고 극단적인 선택으로 보일지 모르지만, 쓰레기 같은 현 정권에게 우리의 의지를 확실하게 알릴 수 있는 방법이라 생각해."

잠시 말을 멈췄던 민혁은 조용한 목소리로 말을 이어갔다.

"나 역시 앞선 사람들과 같이 분신으로 의지를 전하고 싶어."

민혁은 자신이 말하는 그 순간에도 신문에서 본 박승희, 김영균, 천세용의 얼굴이 떠올랐다. 그는 눈을 감았다. 자신이 그들을 따라갈 생각을 하니 두렵기도 하면서 떨리기도 했다.

"이 이야기는 여러분에게 처음 하는 이야기야."

방안에는 정적이 흘렀다. 벽에 걸려있는 시계는 막 자정을 지나고 있었다.

"왜 이런 이야기를 우리에게, 그것도 처음으로 하는 거예요!"

시형이 놀랍다 못해 당황한 기색으로 물었다.

"형, 장난이죠?"

지연도 술기운에 한 말이려니 넘기려 들었다.

"난 솔직히 이런 이야기를 왜 우리에게 하는지 잘 모르겠어요. 술 마시고 하는 어린애 푸념인 것 같아요. 분신이란 이야기를 이렇게 쉽게 꺼내다니…."

민혁의 오른쪽에 앉은 시형이 불만 섞인 목소리를 말했다.

-찰싹-

민혁의 오른손이 작은 소리와 함께 시형의 뺨을 가로질렀다. 시선은 땅바닥을 향한 채 민혁은 시형의 뺨을 차갑게 스쳐 갔다. 당황한 시형의 왼뺨은 빨갛게 물들었다. 이런 일이 있을 것이라 단 한 번도 생각을 못했지만 방금 행동을 통해 적어도 민혁의 말이 빈말이 아니란 것을 모두가 직감할 수 있었다.

"좀 더 알아듣기 쉽게 말해줘요. 왜 갑자기 오빠가 분신하려는 건데요?"

민혁의 말이 사실일지 모른다는 생각에 화가 난 시형은 민혁의 얼굴을 똑바로 바라보며 물었다.

"미안해. 하지만 정말이야. 이렇게 해야 앞선 사람들을 볼 수 있을 것 같아."

민혁은 다시 눈물을 흘리며 울기 시작했다.

"오빠, 굳이 목숨과 바꿔서 할 필요는 없어요. 살아있으면서 얼마든
더 값진 활동을 할 수 있잖아요."

옆에 앉아있던 지연도 덩달아 울면서 민혁에게 말했다.

"미안해. 그런데 이게 내가 할 수 있는 최선인 것 같아. 살아서 일하
는 것보다 죽어서 사람들의 가슴에 남고 싶어."
"우리에게 처음 말했으면 이유라도 확실하게 말해줘야 하는 거 아니
에요?"

시형이 다그치듯 몰아세웠지만 민혁은 묵묵부답이었다. 지금 처음
말하는 주제였지만 어느 순간부터 민혁에게는 의무와 책임처럼 커져
버린 단어였다. 시형은 더 물어봤자 그가 대답하지 않을 것이란 것을
느꼈다. 시형은 민혁이 자살이란 말을 꺼냈지만, 술기운일 수 있다는
생각에 이야기 주제를 다른 것으로 돌리려고 했다. 그녀는 무거운 침
묵 속 분위기에서 자기 가족 이야기를 시작했다.

"난 대구 출신이잖아? 근데 서울 생활은 정말 너무 힘든 것 같아. 뭐
지방에서 올라오면 다 촌년으로 보고, 나름 대구도 대도시인데…"

시형은 방금 전 무거운 분위기는 어디 갔냐는 듯 웃으면서 말을 시

작했다. 방금 전 이야기는 전혀 나눈 적이 없었다는 듯 시치미를 뗐다. 민혁의 눈에서도 눈물은 그렁그렁했지만 표정만은 웃고 있었다. 그녀는 자신이 여고를 다니다가 서울로 올라오게 된 계기, 그리고 방통대로 들어오고 회사에 다니게 된 이야기를 했다.

"가끔씩 회사에서 어느 장단에 맞춰야 할지 모르겠어. 부장은 괜찮다 하고 바로 윗 사수는 시키고. 그럴 때는 진짜 회사를 때려치우고 싶다니깐."

방금 전 싸늘했던 분위기는 온대간데없고, 공감대가 통한 셋은 모두 웃으며 동감을 했다.

"형은 계속 서울에 살았어요? 가족이랑 같이 살면 편하겠다."

지연이 고개를 숙이고 듣고만 있던 민혁에게 물었다.

"나는 장남이지만 부모님과 크게 친하진 않았던 것 같아."

민혁은 마치 독백을 하듯 자신의 가족 이야기를 풀어갔다.

"그런데, 나에게 너무 잘해준 누나를 생각하면 가슴이 너무 아파. 누나에게 조금 더 잘해줬어야 했는데, 사랑하는 내 조카들과 좀 더 놀아줬어야 했는데 그러지 못했어."

누나… 민혁은 누나의 집에 잠깐 함께 살았던 적이 있었다. 누나는 불편한 기색 없이 그런 동생을 따뜻하게 보살펴주고 용돈을 쥐가며 공부까지 시켜다. 하지만 너무 어려서였을까? 민혁은 그런 누나의 고마움을 당연한 듯 여기며 살았다. 그리고 무슨 바람이 불어서였는지, 독립을 하고 싶단 생각에 누나 방 서랍 속에서 십만 원을 가지고 도망치듯 집을 뛰쳐나왔다. 그 뒤 미안해서였는지, 부끄러워서였는지 한동안 연락을 할 수 없었다.

민혁은 얼마 뒤 용기를 내 누나에게 전화를 해서 사과를 하려고 했다. 하지만 누나는 '다 괜찮다. 너만 건강하고, 사회에 꼭 필요한 사람이 되면 된다'며 동생을 응원했다. 그날 전화를 끊고 뜨겁게 흘렸던 가슴의 눈물이 아직 잊혀지지 않았다.

"여튼, 난 우리 누나를 세상에서 가장 존경하고 좋아하고 사랑해."
"형, 그럼 지금 만나는 사람은 없어요?"

시형은 민혁의 누나 이야기로 분위기가 다시 무거워지자 민혁을 향해 장난기 섞인 말투로 다시 물었다.

"응. 있어. 정말 사랑하고 좋아하는 사람을 만나고 있어. 그 사람 때문에 정말 행복해."
"사진 보여줘요. 사진."
"지금 사진은 없어."

잠시 민혁의 얼굴이 붉어지며 화기애애한 분위기가 만들어졌다.

"혜민이를 위해서는 뭐든지 할 수 있을 것 같아."

하지만 뭐든지 할 수 있을 거란 그의 말과는 달리, 민혁의 눈은 다시 촉촉해져만 갔다.

"나 이 이야기도 처음 말하는 건데, 그녀에게 아직…아직 말하지 못한 비밀이 있어서 너무 미안해."

밝은 표정으로 여자 친구 이야기를 하다가 민혁은 말하지 못한 이야기 부분에서 얼굴이 굳어졌다. 민혁은 하지 않은 이야기를 생각하는 듯했다. 잠시간 정적이 흐른 뒤 민혁은 다시 말을 이어갔다.

"자, 다 됐고, 여튼 여러분은 그냥 한양대 철학과 박민혁을 기억해줘."

민혁은 부드럽게 자신을 두 사람 앞에 내려놓고 있었다. 지연이 더 이상 들을 수 없다며 그의 말을 끊어 세웠다

"나 몸이 너무 좋지 않아서 자야겠어요. 우리 정리하고 눈 좀 붙여요."
"그래."

민혁은 먼저 세수만 하겠다며 화장실로 들어갔다. 막걸리와 과자를

치우던 지연과 시형의 눈이 마주쳤다. 하지만 둘 다 아무 말도 하지 않았다.

다음 날 아침, 숙취가 시형의 머리를 뒤흔들었다. 그러나 시형은 출근 때문에 아침 7시 30분쯤 먼저 일어나 방을 나섰다. 지연도 시형이 방을 나갈 때쯤 들린 문소리에 잠에서 깼다. 아직 민혁은 벽 쪽으로 얼굴을 향한 체 옆으로 누워 자고 있었다. 코를 골거나 숨소리가 크지도 않았다. 조용히, 그리고 깊게 잠들어 있었다. 지연은 민혁을 깨울 수도, 먼저 방을 나설 수도 없었다. 마음 같아서는 빨리 돌아가 쉬고 싶었지만 어젯밤 들은 이야기가 너무 충격적이었기에 혹시나 하는 걱정이 그녀를 잡아 세웠다. 오늘따라 저 벽에 걸린 시계 초침 소리는 왜 이렇게 크기만 한 건지, 지연은 차라리 민혁이 깨지 않고 계속 누워있길 기도했다. 그녀는 쪼그려 앉은 채 무릎에 얼굴을 묻고 민혁을 바라보며 있었다.

11시쯤 민혁이 눈을 떴다. 속이 좋지 않은 듯 잔뜩 인상을 찡그렸다. 지연은 옆에 놓여있던 주전자에서 물 한 컵을 따라 민혁에게 건넸다.

"고마워."
"형, 좀 괜찮아요?"
"응. 많이 마셨지 어제?"

"어제 무슨 말 하신 지 기억나요?"

"응…."

차라리 기억나지 않는다고 했으면… 지연은 애써 놀라움을 감췄다.

"정말 생각하시는 거예요?"

"응… 정말이야."

"살아서도 뭔가 할 수 있잖아요."

"…."

민혁은 잠이 깨자마자 지연이 물어와서 많이 당황했다. 어제 한 말이 무엇인지 처음엔 어렴풋한 기억만 떠올랐지만, 일단 모든 게 생각난다고 했다. 무슨 일이든 지난밤 있었던 일이 절대 술기운과 실수가 아니라는 것을 말하고 싶었다. 사실 취기에 의해 어젯밤에 소리새벽 회원들에게 고백을 했지만, 분명 어느 순간부터 그가 생각해왔던 책임감의 연장선에서 행동에 옮길 일이었다.

예전에 혜민에게 고백했던 그때의 모습이 그림처럼 스쳐 갔다. 다만 다른 것이 있다면 자신은 제3자가 돼서 그들의 대화를 바라보고 있었다는 것. 실제와 똑같은 꿈속의 화면에 얼마나 놀랐는지 모른다. 그리고 왜 그런 꿈을 꿨는지도 몰랐다.

기분이 뒤숭숭했다. 이제 정말 몇 사람은 자신의 결단을 알게 됐고, 이는 민혁에게 큰 부담으로 다가왔다. 게다가 지난밤 꿈에는 예전에 혜민에게 고백했던 예전 자신의 모습이 떠올라 머릿속을 복잡하게 했다.

그는 오후에 연대로 들어가야 했기에 둘은 정오쯤 여관 문을 나섰다. 봄이지만 뜨거운 해가 머리 위에서 이글거리고 있었다. 땀이 났지만 자신이 알고 있는 이야기 때문에 오히려 춥기만 했다. 민혁은 아무렇지 않은 듯 같이 길을 걸었다. 배가 고파서 해장을 하고 싶었지만 어젯밤 민혁과 지연은 술값과 여관방 값으로 돈을 다 쓴 상태였다. 지연은 근처 은행 ATM기에서 돈을 얼마 찾은 뒤 종로 골목에 있는 작은 식당에 들어가 설렁탕을 시켰다. 어색하게 마주 앉은 둘은 대화가 없었다. 뜨거운 설렁탕 김이 지연의 눈을 적셨고, 또다시 그 자리에서 소금기가 채 가시지 않은 뜨거운 눈물을 주르륵 흘렸다. 눈물 때문에 몇 숟가락 뜨지도 못했지만 민혁은 덤덤하게 식사를 마쳤다.

오후 4시까지 아직 시간 여유가 있었다. 지연은 최대한 민혁과 함께 있으면서 민혁의 마음을 돌려보고 싶었다. 민혁은 술 냄새와 땀 냄새로 가득한 자신의 옷이 영 찝찝했다.

"나 잠깐 집에 들러야 될 것 같아."
"네. 같이 가요. 저도 딱히 할 일이 없어요."

민혁과 지연은 택시를 타고 서대문 쪽에 있는 민혁의 자취방으로 향

했다. 민혁은 방에 들어가 셔츠에 정장으로 갈아입고 나왔다. 그의 손
에는 종이 문서 같은 게 있었는데 지연이 흘깃 보자 급히 안주머니에
넣었다. 둘은 집에서 나와 근처 카페로 들어갔다. 민혁의 마음은 집에
서 나오는 순간부터 더욱 확고해지고 있었다.

"유서에 어떤 내용을 쓸까?"
"형! 그러지 마요."
"사람들의 기억에 남고 정권에 대해 강하게 남고 싶은데."
"…"

이제 민혁은 지연에게 숨길 게 없다는 듯 하고 싶은 말을 했다. 오히
려 오랫동안 참아온 이야기를 이제는 편하게 할 수 있어 홀가분하기까
지 했다.

"너 『사랑의 조건』이라는 책 읽어 봤어?"
"아니요."

『사랑의 조건』은 현시대를 사는 우리의 젊은 영혼의 이야기를 담
은 책이었다. 정권에 항거하고 투쟁하고 세상을 바꿔보고자 하는 젊
은이들의 이야기. 지연은 책을 읽진 않았지만 대략적인 줄거리는 알
고 있었다.

"요즘 그 책을 계속 읽고 있는데, 괜찮은 책인 것 같아."

"다음에 한번 읽어봐야겠네. 형, 나 화장실 좀 다녀올게요."

지연은 지금 자신 앞에 있는 남자와의 대화가 괜히 무서워졌다. 이제는 민혁의 질문도, 거기에 대답하는 것도 무서웠다. 지연은 화장실을 간다고 핑계 대고 화장실에서 무서운 울음을 삼키고 있었다. 한편 민혁은 카페 입구 우측에 놓인 공중전화로 향했다. 바지를 뒤적이니 어제 막걸리를 사고 남은 동전 몇 개가 잡혔다. 몇 개를 집어 전화기로 밀어 넣자 수화음이 들려왔다. 민혁은 천천히 머릿속에 생각나는 번호를 눌렀다.

"여보세요?"
"혜민아! 나야."
"응. 오빠."

혜민이 밝은 목소리로 민혁의 전화를 받았다. 그녀의 목소리를 들으니 민혁은 순간 목이 메었다. 잠시 머뭇하던 민혁은 전화를 이어갔다.

"밥은 먹었어?"
"아직."
"응…."
"무슨 일 있어?"

혜민은 평소와 다른 민혁의 목소리에서 이상함을 느꼈다.

"…"

민혁은 곧바로 대답할 수 없었다.

"아니, 무슨 일은 무슨. 아무 일도 없지."
"오빠 목소리가 이상해. 왜 무슨 일 있었던 것 같은데?"

혜민은 민혁의 목소리가 심상치 않음을 느꼈다. 잠시 침묵으로 서 있던 민혁의 입이 떨렸다.

"우리 당분간 못 볼 것 같아."
"오빠 무슨 일 있어? 출장 가는 거야? 오늘 만날까?"
"응 좀 멀리 갈 것 같아. 오늘은 시간이 없을 것 같아. 그럼 내일 만나자."
"응. 힘내 오빠."

민혁이 분신을 결심하고 있는 이 순간에도 혜민은 민혁이 지방 현장으로 가 당분간 못 만나겠거니 생각할 뿐이었다. 그는 자리에 앉아 담배 한 모금을 빨았다. 눈이 빨갛게 충혈된 지연이 화장실에서 나와 소파에 앉았다.

민혁은 가지고 있던 노트를 찢고, 지갑에서 주민등록증을 꺼내 쓰레기통에 버리려고 했다.

"형. 그건 내가 보관하고 있을래요."

"그래."

민혁은 반으로 접은 주민등록증을 지연에게 건넸다.

"증명사진을 찍어야 될 것 같아."

지연은 지금 민혁이 찍으려고 하는 사진의 용도가 무엇인지 단번에 직감할 수 있었다. 하지만 그 목적을 물을 수 없었다. 두 사람은 카페를 나와 근처에 있는 1분 칼라 사진관으로 들어갔다. 카메라 앞에 앉은 민혁의 얼굴은 서글픈 웃음을 짓고 있었다. 둥글 생긴 큰 안경이 얼굴의 반을 가렸지만 분명 슬픔이 가득한 모습이었다. 민혁은 사진이 마음에 드는 듯 빙그레 웃었다. 그리고 한 장을 지연에게 건넸다.

"형, 계속 같이 있을래요? 나도 연대로 따라갈게요."

"아니. 오늘 할 일이 많아서 힘들 것 같아."

민혁은 지연의 제안을 거절했다.

"그럼 내일 오후 6시에 만나기로 해요. 오늘 내가 밥 샀으니까 내일은 형이 꼭 밥 사줘요."

"그래. 시간 봐서 그러자."

민혁은 사진관 앞에서 지연과 인사를 하고 담배를 입에 물었다. 라이터에 가스는 얼마 남아있지 않았다. 민혁은 뒤돌아보지 않고 그대로 버스정류장을 향해 걸어갔다. 지연은 그 자리에 서서 민혁의 뒷모습이 보이지 않을 때까지 가는 걸 지켜보고 서 있었다. 탁한 눈물이 그녀의 눈을 가렸다.

민혁은 연대로 들어가지 않았다. 그는 지난 4일 분신한 천세용 학생의 분향소에 가기로 마음먹었다. 오월의 봄은 비참하도록 따뜻했다. 버스 창밖에 보이는 시위대와 피켓들, 그리고 화염병이 지금의 1991년을 노래하고 있었다. 산들거리는 바람을 타고 불어오는 꽃향기의 여운은 없었다. 매캐하고 거북스러운 최루탄 연기 냄새만 가득할 뿐이었다.

영정사진 속 세용의 얼굴은 웃음도 슬픔도 없는 무표정을 하고 있었다. 민혁은 조금 전에 찍은 자신의 증명사진을 꺼내 봤다. 그는 손에든 남자와 눈앞에 놓인 남자를 번갈아 봤다. 그리곤 아무런 말없이 이미 재로 가득한 향 통에 향을 피워 그에게 띄워 보냈다.

'당신들의 죽음이 헛되지 않게, 반드시 우리 성과를 이뤄 냅시다.'

조문을 마친 뒤 그는 경원대 학생들과 인사를 하고 서울 전민련에서도 이번 천세용 열사의 희생을 부끄럽지 않게 하겠다고 약속했다.

분향소에서 나오자 해는 이미 저만치 물러나 있었다. 분향소 옆 아스팔트 도로 위엔 정권에 상처받은 친구들이 막걸리를 마시며 힘겹게 견뎌내고 있었다. 분향소를 나온 민혁은 성남에서 활동하고 있는 지인들과 술자리를 가졌다. 저녁 반주로 마시기 시작한 술이 다시금 그의 목을 가득 채워갔다. 어제의 숙취는 온데간데없이 빈속에 꾸역꾸역 술을 채워 넣었다. 지금의 공허함은 몽롱한 술잔만이 해결해 줄 수 있었다.

　"형, 사람이 불에 타면 얼마나 뜨거울까?"

　대폿집에서 막걸리를 연거푸 몇 잔 들이키던 민혁이 갑자기 옆에 앉은 영철에게 물었다. 민혁을 오랫동안 봐 온 영철이었지만 급 술을 마시는 그의 모습은 처음이었다. 갑작스런 민혁의 질문에 오랜 선배인 영철은 의아해 했다.

　"응? 불?"
　"네."
　"불에 타면 당연히 엄청 뜨겁겠지?"
　"그치? 그럼 분신했던 친구들도 많이 뜨거웠겠지?"
　"그럼."
　"신문에서 보니까 분신했던 친구들 기도가 심하게 화상을 입었다네. 불길 속에서 몸이 상하면서도 왜 그렇게 외쳤을까…."
　"그러게…."

처음 보는 모습이었지만, 영철은 후배의 질문을 대수롭지 않게 받아넘겼다. 그런 선배의 마음과 반대편에 눈앞의 남자는 세상에 슬퍼하며 가슴으로 술을 마시고 있었다.

'세상을 위한 의미 있는 죽음….'

민혁은 그래도 이들에게는 자신의 결심을 알리고 싶진 않았다. 적어도 성남에 있는 지인들 앞에서 박민혁은, 웃는 모습으로 기억되고 싶었다. 민혁은 애써 웃으며 원진레이온 사태 이야기 연애 이야기를 나누며 어색하게 시간을 붙잡고 있었다. 벽에 걸린 시계가 초점이 나간 것처럼 흐릿해져 보였다. 흔들어버린 막걸리의 탁한 색처럼, 민혁의 의식도 탁해져만 갔다.

"베트남 승려들은 분신을 할 때 어떤 마음가짐이었을까?"
"글쎄. 그분들은 종교적으로 승화시킨 성찰자가 아닐까?"
"그렇겠지."

'나는 지금… 잘하고 있는 걸까?'

조금 있으면 혜민이 학교 강의를 마치고 돌아올 시간이었다. 민혁은 혜민에게 전화를 걸어 만날 약속을 잡았다. 분명 사랑하는 연인이 만나는 약속이었지만 데이트는 아니었다. 그렇다. 분명 오늘 만남은 데이트가 아니었다.

민혁은 약속 시간보다 한 시간 먼저 도착했다. 아직도 혜민에게 자신의 생각을 말할 용기가 나지 않았기에 먼저 와서 할 말을 생각하고 있었다. 편지를 써서 보여 줄까도 생각했지만, 그러기엔 혜민에게 남겨진 궁금함이 더욱 클 것만 같았다.

"오빠. 많이 기다렸지?"

혜민이 웃으면서 남자친구가 있는 자리로 걸어왔다. 생긋하게 웃는 그녀를 보자 울컥 눈물이 날 뻔했다. 하지만 담배를 질근 깨물고 재떨이에 거칠게 끄며 머릿속을 비웠다.

둘은 커피를 마시고 밥을 먹으며 평소와 같이 데이트를 하고 있었지만 민혁의 마음은 편하지 않았다. 처음에는 혜민도 아무렇지 않은 듯 민혁과 이야기했는데 시간이 지날수록 평소와 다른 민혁의 분위기를 조금씩 느낄 수 있었다. 잘 웃지도 않고, 어색하게 미소를 짓고, 자신을 바라보지 않고 먼 곳으로 시선을 향하는 민혁에게서 혜민도 점점 불안함을 느끼기 시작했다.

"혜민아. 5.4 집회 때 시민들의 반응은 어땠어? 괜찮았어?"

민혁은 최근 크게 집회를 한 내용에 대해 궁금해졌다. 본인은 전민련 소속이고 행사 관계자이다 보니 객관적인 시민의 입장에서 판단하기는 어려운 부분이 있었다.

"응. 굉장히 좋았어."

혜민은 당시 시민들이 박수치고 구호를 외치며 전민련 사람들과 함께하던 모습을 떠올리며 대답했다.

"이런 분위기를 어떻게 이끌어가 가야 될지 모르겠어. 혹시 넌 생각해본 적 있어?"

"글쎄. 잘 모르겠어. 여러 방법이 있지 않을까?"

"예를 들면?"

"음… 유인물을 배포하거나 거리로 나와 사람들에게 알리는 방법들?"

"그건 너무 사람들에게 알리는 범위가 좁지 않을까? 더 널리 알릴 수 있으면 좋을 텐데…."

"아니면 극단적인 방법으로는 분신을 통해서 자기주장을 알릴 수도 있겠지. 과격하지만."

"그럼 분신한 사람들은 누가 책임져야 하는 건데?"

"그건 잘 모르겠어."

혜민의 입에서 갑자기 나온 분신이란 단어. 그리고 그 단어에 민감하게 반응하는 민혁이었다. 최근에 계속해서 고민해오던 단어가 아무렇지 않게 나오자 민혁은 당황했다.

 '도대체 무슨 생각으로 방금과 같은 말을 한 것일까? 설마 내가 하려는 말이 뭔지 아는 걸까?'

 "최근 발생한 대학생들 분신자살에 대해 재야를 비롯한 기성세대들, 그리고 우리들이 분명히 함께 책임감을 가져야 된다고 생각해⋯ 그래서⋯."

 말을 하던 민혁은 말을 아꼈다. 자신이 생각하는 바를 혜민이 몰라서 다행이란 생각이 들었다.

 "응. 그런데 정말 아무 일 없는 거야? 앞으로 못 본다고 했잖아."
 "혜민아. 네 생각에는 분신한 사람들은 어떤 심정이었을 것 같아?"
 "예전에 우리 학교에서 어떤 사람이 분신한 적이 있었어. 근데 그때 사람들의 이야기를 들어보니 평소 패배의식에 빠져 있었던 사람이었대. 그래서인지 심정으로 많이 지쳐있는 상태에서 극단적인 선택을 했다고 들었어. 아마 그 사람은 분신을 할 때의 고통보다 하루하루를 살아가는 자신의 삶이 더욱 고통스러워서 그런 선택을 할 수 있었던 게 아닐까?"

 혜민은 민혁의 속마음을 아는지 모르는지, 분신에 대한 자신의 생각을 솔직하게 말했다. 하지만 그 내용은 민혁의 마음에 들진 않았다. 패배의식이란 감정으로 잘못된 판단을 하는 사람이라니. 순간 자신의 얼굴도 화끈거렸다. 마치 그 사람이 자신의 모습처럼 느껴질 수도 있다는 생각 때문이었다.

'패배의식…'

"그럼 이번에 분신한 사람들도 모두 패배의식에 빠진 그런 상태였을까?"

민혁이 혜민에게 조용히 되물었다.

"잘은 모르겠지만 이번 분신은 그 사람과는 다른 것 같아. 패배의식보다는 시대 상황에 대한 책임을 자신이 져야만 한다는 부담감? 혹시 모르지 그런 사람이 있었을 수도."
"아마 모두 자기 의지에 의해 그랬을 거야."

민혁이 고개를 저으며 한마디 했다.

"그런데 갑자기 왜 분신 이야기만 하는 거야? 정말 아무 일 없는 거 맞아?"
"…"

혜민의 물음에 민혁은 아무 말도 하지 않았다. 그런 침묵에 혜민은 더욱 불안해졌다.

"오빠, 무슨 일 있어? 분신 이야기는 계속 왜 하는 건데?"
"미루어 짐작해줘."

여태껏 분신 이야기를 하고 왜 그런지 문자 '미루어 짐작해 달라'고 말하는 남자친구. 무엇을 미루어 짐작하라는지 감을 잡을 수 없는 혜민이었다. 그녀는 민혁의 말대로 미루어 짐작해보려고 노력했지만 연관된 것이 없었다.

그 순간 혜민의 눈이 커지면서 붉게 달아올랐다.

"오빠, 설마 지금 분신하겠다는 거 아니지?"
"…"

민혁은 말없이 다시 담배를 꺼내 입에 물었다.
"그럼 우리는 왜 이제까지 만났어? 나는 뭔데, 나는 어떻게 되는 건데? 나랑 결혼하고 싶다며!"
"…"

미리 와서 혜민에게 할 말을 정리했던 그였지만 아직 답을 찾지 못한 상태였다. 담배를 한 대 피는 것으로 자신의 대답을 대신하고 싶었다. 지금은 침묵과 담배만이 자신의 심정을 말할 수 있는 전부였다.

하지만 그런 담배 연기가 혜민의 울음을 멈추게 하거나 그녀의 물음에 대한 대답이 될 수는 없었다. 혜민은 고개를 숙인 채 지금의 상황을 이해하지 못한 듯한 눈물만 쏟아내고 있었다. 주위의 사람들도 의아해 하며 둘의 테이블을 바라보고 있었다.

"나한테 무슨 일이 생기면 이 사람들에게 알려줘."

민혁은 가지고 있던 노트를 혜민에게 건넸다. 노트를 펼친 그는 녹색 볼펜으로 동그라미를 치며 사람들을 가리켰다. 하지만 혜민은 계속해서 울기만 했다.

"울지마 혜민아. 나 많이 생각하고 결정한 일이야."

분명 민혁은 이번 결정을 가볍고 쉽게 생각하진 않았다. 하지만 그이유야 어떻든, 혜민의 놀라움을 위로할 순 없었다.

그렇게 서로 어색한 침묵을 이어 시간만 흘러가고 있었다.

"혜민아, 아마 오늘이 우리 마지막 만남이 될 것 같아."

민혁은 긴 침묵에 마침표를 찍듯 속에 있는 말을 내뱉었다.

"혜민아, 우리는 소수 말고 많은 사람을 사랑해야 해. 그리고 사람들을 위해 내가 뭔가를 해야 될 시점이 온 것 같아. 그래서 이 일을 하려고 해. 이게 내 의무이고 운명이야."

"왜 그게 오빠만의 의무가 되는 건데? 세상을 바꿀 수 있고 노력할 수 있는 사람은 많잖아! 그게 왜 오빠야 되는 거냐 말이야!"

"그건… 내가 느끼는 책임의식…."

"듣고 싶지 않아! 나한테는 책임을 느낄 필요는 없다는 말이야?"

혜민의 격앙된 목소리는 카페 안을 가득 메웠다.

혜민은 지금 눈앞에 벌어지고 있는 상황을 아직도 이해하진 못했지만 적어도 좋지 않은 상황이란 것만은 확실했다. 둘은 말이 없어졌다. 혜민이 감정적으로 호소하며 민혁을 설득하려 했지만 이미 민혁의 마음은 그걸 받아들일 틈이 없어 보였다. 둘은 카페에서 나와 길을 걸었다.

봄비가 추적추적 내렸다. 쏟아지진 않았지만 그 비가 반갑지 않았다. 민혁과 혜민은 아현역 2번 출구까지 걸어가면서 아무 말도 하지 않았다. 혜민의 시선은 바닥으로, 민혁의 눈은 하늘을 향한 채 담배 연기만 꼬리를 뽑고 있었다.

이대 방면에서 내려오는 여대생들이 어색하게 걷는 커플을 보고 수군거리면서 지나갔다. 하지만 지금 손을 잡거나 팔짱을 낄 수도 없었다. 그냥 그 어색함에 걸음을 맡길 뿐이었다.

"안녕."

민혁이 어색하게 혜민에게 인사했다. 하지만 혜민은 대답하지 않았다. 민혁은 혜민을 지하철 개찰구에 떠밀듯 밀어 넣었다. 마지막 순간까지도 그녀는 울고 있었다.

"사랑해."

민혁이 글썽인 눈으로 다시 혜민에게 말을 건넸다.

"나도 많이 사랑해. 그러니까 그러지 말자. 알겠지?"
"…"
"오빠!"
"…"
"나 오늘 이야기는 못들은 걸로 할게!"

혜민은 그 말을 남기고 계단을 내려갔다. 민혁은 혜민의 머리끝이 계단에 가려 보이지 않을 때까지 그 자리에 서 있었다. 해가 수평선을 아래로 지듯, 혜민의 머리가 지하철 계단 너머로 지고 있었다. 석양이었다. 민혁의 석양이 지하철 아래로 졌다.

민혁은 자취방으로 터벅터벅 걸어왔다. 술은 마시지 않았지만 취한 사람처럼 비틀거렸다. 세상이 원망스럽고 자신도 원망스러웠다. 하지만 그런 세상이기에 자신의 선택과 판단이 더욱 소중할 것이라 스스로를 다독였다.

집에 도착했을 때 다리가 너무 아파 눈을 붙이고 싶었다. 하지만 지금의 느낌을 꼭 정리하고 싶었다. 민혁은 집에 도착해서 책상에 앉아 책 한 권을 집어 들었다. 『사랑의 조건』. 이제 소설 속 모든 장면이 머리에 들어있는 듯했다.

혁명의 도화선, 역사의 이정표. 책의 초반부에 있는 이 구절이 민혁의 마음에 계속해서 머물러 있었다. 두 표현은 너무나 강렬하게 민혁의 머릿속에 각인돼 있었다.

민혁은 조심스럽게 책상 위에 놓인 노트를 펼쳤다. 민혁은 두 가지 내용의 글을 머릿속으로 생각하고 있었다. 어버이날 불효를 하는 못난 아들의 편지와, 이 시대를 살아가며 큰 결정을 할 수밖에 없는 나의 젊음의 외침. 민혁은 빠른 속도로 종이에 글을 써내려갔다.

아버지, 어머니 어버이날입니다.

오늘 이 행위를 일삼겠다는 생각을 하기에는

여러 가지 의미가 있으리라 생각합니다.

여태껏 한 번도 아버지, 어머니에게

효도라는 것을 해보지 못했지요.

하지만 이제 민혁이가,

아버지 어머니의 아들이 아닌

조국의 아들이 됨을 선포하면서

마지막 효도를 하려 합니다.

모든 문제는 대책위 사무실에 위임하세요.

전민련 민준호 위원장님께 위임하세요.

제 목숨보다 아끼고 사랑하는 선배님들입니다.

— 민혁 —

누나. 사랑하는 큰누나. 그리고 둘째 누나. 어려서부터 어머니보다 누나들 품에서 자란 그였다. 학교를 갔다 오면 누나들이 같이 놀아주고 밥을 해주고 숙제도 거들어 줬다. 민혁에게 누나는 친구이자 어머니와도 같았다. 그런데 지금의 판단이 과연 누나들에게 얼마나 큰 슬픔을 안겨 줄 것인가 생각하니 가슴이 저려왔다.

'전화라도 할까?'

늦은 시간이었지만 민혁은 밖으로 나와 공중전화로 걸어갔다. 밤공기가 제법 차가워져 있었다. 민혁은 수화기를 들고 주머니에 있던 백 원짜리 동전 하나를 넣었다.

-뚜-

민혁은 익숙하지만 한동안 누르지 못한 번호를 꾹 눌렀다. 손가락이 숫자를 떠나자마자 신호음이 수화기를 통과 들려왔다.

"여보세요?"

-탈칵-

민혁은 급하게 수화기를 내려놓았다. 공중전화가 미처 소화하지 못한 동전을 내뱉었다. 그 자세로 한동안 서 있었다. 민혁은 다시 동전을 꺼내 투입구에 넣었다. 그리고 녹색 통화버튼을 다시 누른 뒤 번호를 입력했다.

"여보세요?"

수화기 너머로 익숙하고 따뜻한 목소리가 들려왔다. 너무나 듣고 싶었던 그 목소리. 세상에서 가장 날 아껴주던 큰누나.

"…"

민혁은 말할 용기가 나지 않았다. 그리곤 수화기를 전화기 위에 올려놓은 채 다시 집으로 걸어 들어왔다.

"여보세요? 여보세요? 전화를 거셨으면 말씀을 하셔야죠."

-뚜뚜뚜뚜-

단순하게 변혁운동의 도화선이 되고자 함이 아닙니다.

역사의 이정표가 되고자 함은 더욱이 아닙니다.

아름답고 맑은 현실과는 다르게,

슬프게 아프게 살아가는

이 땅의 민중을 위해 무엇을 해야 할까 하는

고민 속에 얻은 결론이겠지요.

노태우 정권을 퇴진시켜야 합니다.

민자당은 해체되어야 합니다.

우리에게 슬픔과 아픔만을 안겨주는

지금의 정권은 꼭 타도되어야 합니다.

더 이상 우리에게 죽음과 아픔을

안겨주지 말아야 합니다.

이제 우리들은 모두 하나가 되어

죄악스러운 행위만을 일삼아 온 노태우 정권을 향해

전면전을 선포하고 민중권력 쟁취를 위한

행진을 위해 모두가 하나 되어야 합니다.

— 박 민 혁 —

집에 돌아와 쓴 글을 앞선 글보다 짧았지만, 오히려 빨리 써 내려갈 수 있었다. 그도 그럴 것이 방금 쓴 글이지만 여태껏 생각해 둔 내용을 옮겨 적은 과정에 가까웠다.

글을 쓰고 책상에 앉아 잠깐 지난 추억을 생각하던 민혁 곁으로 룸메이트인 건우가 헐레벌떡 들어왔다. 건우는 그와 눈이 마주치자마자 큰 소리로 말했다.

"박민혁! 너 무슨 생각을 하고 있는 거야."

민혁은 당황했다. 지연과 시형이 누군가에게 말할 것은 짐작은 했지만 이렇게 빨리 건우가 찾아와 다그칠 줄 몰랐다.

"들었니?"
"그걸 말이라고 해? 말도 안 되는 소리 하고 있어. 나가자. 술이나 한 잔 해."
"그래."

민혁은 재빨리 노트에서 쓴 글을 찢어서 휴지통에 던졌다. 다행히 건우가 신경 쓰지 않는 듯했다. 건우에게 이끌려 나온 민혁은 집 근처에 있는 포장마차로 들어갔다. 둘은 어묵탕 하나를 시켜놓고 말없이 맥주 서너 잔을 주고받았다. 갑작스런 술에 얼굴이 화끈 달아올랐다. 뒤이어 전민련에서 함께 일하는 보영도 포장마차로 그를 찾아왔다. 셋은 술을 마시며 한 시간가량 별다른 대화를 주고받지 않았다. 민혁도 딱히 할 말이 없어서 술잔으로 대답을 대신했다.

"민혁아 네가 왜 그런 생각을 했는지는 이해는 간다. 하지만 그 방법은 아니야."
"맞아 그건 아니야."

맥주가 어느 정도 기분을 달래자 건우와 보영이 조용히 그를 설득하기 시작했다. 이 분위기에선 그가 무슨 말을 하든 설득당하는 입장이었기에 그와 관련된 이야기는 일절 하지 않았다.

"응. 그날 술기운에 한 말이야. 신경 쓰지 마."
"그렇지? 자식아 놀랬잖아. 농담이라도 그런 말은 하지 마."

그제야 두 사람은 한결 얼굴이 풀렸다. 건우와 보영은 오해가 풀렸다는 듯 조금 화기애애해진 분위기에 술을 거세게 마셨다. 민혁도 그날 말은 자신이 술기운에 말했음을 여차 강조하며 친구들의 걱정을 달랬다. 적어도 지금 말하면 안된다는 것을 정확히 알고 있었다. 그리고 적어도 지금은 노래를 부르며 젊은 영혼을 달래고 싶었다.

"해 저문 소양강에 황혼이 지면. 외로운 갈대숲을 지나 슬피 우는 두견새야…"

평소 술을 마시면 노래를 곧잘 부르곤 하는 건우가 선창을 불러 나가기 시작했다.

뒤이어 민혁과 보영이 장난스럽게 합세하며 셋은 앙상블로 노래를 부르며 지금의 기분을 잊으려고 했다. 노래를 부르며 잠시나마 분신의 생각을 떨쳐낼 수 있었다. 셋은 자정을 훌쩍 넘긴 시간까지 술잔을 기울였다. 젓가락으로 테이블을 치며 이모에게 맥주를 달라고 소리치기도 했다. 몸과 마음은 완전히 취했지만 민혁의 정신만큼은 이상하리만큼 더욱 또렷해지고 있었다.

민혁은 두 친구가 어느 정도 취했다고 생각하고 이들과 떨어지기 위해 자리에서 일어나며 말을 꺼냈다.

"나 자취방에 좀 가야될 것 같아. 미안하다. 오늘은 이만 마시자."
"좀 더 마시다 가자."

건우가 일어서는 팔을 잡으며 자리에 앉히려 했다.

"아니야 건우야. 너 보영이랑 좀 더 마시다가 와."

민혁은 건우를 떼어놓기 위해 핑계를 댔다. 하지만 건우 역시 호락호락하게 민혁의 의도대로 넘어가지 않았다.

"야. 오늘은 우리 밤새도록 마시는 거야."

건우는 그를 어깨로 툭툭 치며 말을 걸었다. 무리와 떨어져야겠다는 생각을 했던 민혁이었지만, 쉽사리 건우 옆을 떠날 수가 없었다. 결국 셋은 택시를 타고 대학로 마로니에 공원 쪽으로 이동한 뒤 근처 호프 집으로 들어갔다.

민혁도 둘을 속이기 위해 마음을 숨긴 채 같이 술을 나눠 마셨다. 특별한 주제를 가리지 않고 대화하던 그들의 이야기 속에서 1991년 봄의 짧은 역사 서사시가 지나갔다. 창밖엔 갑자기 내기기 시작한 비가 유리창을 흐르며 묘한 분위기를 만들어 주고 있었다.

"너, 그 이야기는 술기운에 한 거 맞지?"

조용한 분위기에서 술을 마시던 중 건우가 민혁에게 조심스레 물어 왔다.
"응. 맞아. 아무것도 아니야. 술기운에 헛소리한 거야."
"만약 그게 진심이었다고 해도, 소영웅주의에 불과해. 아무도 네 결정이 옳았다고 납득하지 않을 거야."
"응."

5월 8일 새벽 5시
술이 적당히 취한 셋은 가게 밖으로 나왔다. 취기를 가시기 위해 방송통신대학교 인근을 잠깐 걷기로 했다. 비가 와서인지 그 덕에 술은 금방 깼다. 셋은 불이 켜진 작은 구멍가게에 들어가 캔커피와 초콜릿을 샀다. 민혁은 88라이트 담배 한 갑을 샀다. 방송통신대로 걸어가던 중 셋은 마로니에공원을 지나며 잠깐 쉬었다 가기로 했다. 가랑비에 옷 젖는다고 그냥 걸었다가는 흠뻑 젖을 것만 같았다. 계속해서 내리는 비 때문에 공원 옆 현관에서 비를 피해야만 했다.

"나 전화 좀 하고 올게."

"같이 가자. 나 아무래도 너를 못 믿겠다."

"야. 혜민이한테 전화하는 거야. 여자친구한테 전화하는 것도 너랑 가야 되냐?"

"…"

"의심 많기는. 갔다 올게."

"보고 있으니까 몰래 어디로 내빼지 마. 빨리하고 와."

"응."

민혁은 말을 마치고 마로니에 공원 반대편에 있는 공중전화 박스로 뛰어갔다. 혹시나 하는 마음에 건우는 민혁과 거리를 두며 몰래 쫓아 갔다. 건우는 민혁이 공중전화에 있는 것을 확인하고 다시 보영에게 돌아왔다.

"진짜 전화하고 있어. 별일 없을 거야."

"잘 지켜봐야겠어요. 우리가 곁에 있으면 딴생각 안 할 거예요."

보영은 건우에게 말하고 멀리 보이는 공중전화를 응시했다. 전화기를 붙잡고 누군가와 이야기하는 모습이 어렴풋이 보였다. 하지만 굵어지는 빗방울이 공중전화 유리창을 감싸며 점점 희미해져 갔다. 얼마 후 민혁은 보영과 건우의 시야에서 사라졌다.

삼십 분 뒤 민혁은 대학로에서 조금 떨어진 다른 공중전화 앞에 서 있었다. 젖은 바지를 뒤적이며 주머니에서 동전을 꺼냈다. 그는 떨리는 손으로 익숙한 전화번호를 꾹꾹 눌렀다.

"여보세요."

신호음이 울리고 얼마 지나지 않아 수화기 너머로 익숙한 목소리가 들려왔다.

"나야…"
"어디 있었어. 걱정하고 있는 거 알잖아."
"대학로 쪽에 있었어. 다른 곳에 약속이 있어서."
"…"

소리는 나지 않지만 민혁은 직감적으로 그녀가 흐느끼고 있는 것을 알 수 있었다.
"열심히 살고, 오늘 수업 잘해."
"…"

혜민의 대답은 없었다. 아마 울음을 참느라 말을 할 수 없었을 것이란 짐작이 들 뿐이었다.

"사랑한다. 혜민아."

민혁의 마지막 말에 수화기 너머로 어린아이 같은 큰 울음이 터져 왔다.

"사람들이 다 알고 찾고 있는데 도대체 어떻게 하려고 그러는 거야!"
혜민이 분에 못 이겨 화를 내면서 말했다.
"…"

민혁은 아무 말을 하지 않고 수화기를 내려놓았다.

-팅-

공중전화가 민혁의 마음을 정리라도 하듯 남은 돈을 넘기며 잔액을 뱉지 않았다. 민혁은 하늘을 보았다. 비는 그쳤고 그의 마음도 이제 세상에서 그쳤다.

민혁은 예전에 자신 때문에 아버지께 혼난 혜민의 모습이 불현듯 떠올랐다. 자신의 남자친구를 대학생이라고 소개할 수밖에 없던 여자친구. 하지만 그마저도 거짓인 걸 모르는 불쌍한 사람. 왜 지금, 그 기억이 떠올랐는지는 모르겠지만 분명 민혁의 가슴 한편에 사랑하는 연인에 대한 미안함이 가득했다.

문뜩 잠시간 잊고 있었던 자신의 학교 문제가 떠올랐다. 주위 사람들과 전민련, 그리고 혜민에게는 한양대 중퇴라고 말을 했지만 한양대에 다닌 적은 없었다. 대학을 들어가려고 했지만 삶의 더 큰 의미를 역사의 현장에서 찾고자 했기에 후회는 없었다. 그래서일까? 자신의 모습에 어딜 가도 당당했다. 하지만 어느 순간 대학으로 사람들을 평가해오는 사회의 씁쓸함에 자신도 모르게 가면을 쓰고 살아오고 있었다. 학벌 때문에 차별 받는 것은 너무나 큰 상처기 때문이었다..

자신이 한양대 중퇴생에 전민련에서 일한다고 하면 그에 대한 인식이 달라졌던 기억이 떠올랐다. 분명 똑같은 민혁이지만, 앞에 붙은 전제에 따라 그의 평가가 달라졌던 것이다. 지금 상황도 비슷하게 느껴졌다. 대개 그럴 경우 속으로 상대방을 비난하던 그였지만 이번만큼은 그럴 수 없었다. 사랑하는 사람의 부모님이 딸을 가진 입장에서 한 남자를 평가하고 있는 것이기 때문이었다. 지금만큼 자신의 하는 일이 공허하게 느껴질 때가 없었다.

"오빠! 거짓말해서 미안해. 앞으로는 모든 걸 다 사실대로 말할게."

그때 혜민이 자신에게 했던 사과의 말이 다시 떠올라 민혁의 가슴을 깊게 짓누르고 있었다.

민혁은 택시를 타고 자취방으로 돌아갔다. 집에 도착한 민혁은 다시 책상에 앉아 아까 썼던 글을 다시 한 번 빠르게 내려 적었다. 만약 건우가 온다고 하더라도 그전에 글을 마무리 짓고 일어서야 했다.

'노태우 정권을…'

무언가에 쫓기듯 민혁은 속필체로 글을 써 내려갔다. 몇 번을 생각한 글이었기에 금방 내용이 기억났다. 완성된 두 장의 글을 다시 노트를 찢어 양복 안주머니에 넣었다. 집을 나서기 전 거울을 바라보았다. 그 속에 비친 사람은 증명사진 속 자신의 모습과 마찬가지로 우수에 찬 눈을 하고 있었다. 안경닦이를 꺼내 지문이 가득한 안경을 닦았다. 윤동주의 자화상처럼 거울 속엔 안경에 갇힌 한 남자의 큰 눈이 흔들리고 있었다. 그는 이제 자신이 생각한 마지막 목적지로 향하고 있었다.

아침 여덟 시. 가정 곳곳에서 사랑하는 부모님께 어버이 은혜 노래를 부르고 붉은 카네이션을 부모님 가슴에 달아주고 있는 기분 좋은 시간이 진행되고 있었다. 하지만 민혁은 부모님께 남기는 글을 가슴에 품은 채 서강대학교 본관 건물 계단을 올라가고 있었다.

'부모님 죄송합니다. 이런 날에, 누나 정말 미안해!'

'그리고 혜민아… 미안하다.'

민혁은 서강대 본관 옥상에 올라 캠퍼스를 바라봤다. 아침 일찍부터 학교를 오는 몇몇의 사람이 눈에 들어왔다. 캠퍼스는 조용했고 새 지저귀는 소리만이 적막을 깨고 있었다. 민혁은 지금 바라보는 장면이 이 세상의 마지막 풍경이라고 생각했다. 그러자 아무것도 아닌 지금의 모습이 너무나 아름답고, 아쉽게 느껴졌다.

그는 양복 상의를 벗어 난간 한쪽에 단정히 개어 놓았다. 이어 들고 온 말통의 뚜껑을 열었다. 싸한 냄새가 코를 타고 올라왔다. 민혁은 싸늘한 냄새를 머리에서부터 발끝까지 천천히 부어 내렸다. 하얀 셔츠가 이내 흠뻑 젖어 그의 몸에 달라붙어 있었다.

민혁은 크게 숨을 들여 마셨다. 지금의 선택까지 얼마나 많은 고민과 갈등을 했는지 그리고 그 선택이 세상을 위해 자신이 할 수 있는 가장 의미 있는 행동이라 스스로를 위안했다. 정권타도. 그것만 이룩할 수 있다면, 지금의 선택은 얼마든 할 수 있는 그였다. 오랜 시간의 고민과 달리, 실행에 옮기는 시간은 순식간이었다.

민혁은 가스가 바닥난 라이터를 꺼내 불꽃을 튀겼다. 라이터에선 작은 불길이 꺼질 듯 말 듯 타고 있었다. 크게 한숨을 쉬고 손 위에서 타고 있는 라이터 불씨를 가슴에 가져다 놓았다.

-확-

삽시간에 민혁은 태양보다 강하게 타오르고 있었다. 활활 타는 열기, 아직 해가 떴지만 그 열기가 민혁보다 강하지 못했다. 생각했던 것보다 분신은 더욱 뜨겁고 치열했다. 그런데 그만큼 견딜 만했다. 그리고 생각보다 지금 상황이 담담했다.

'나 하나로 세상을 바꿀 수 있다면 후회는 없다.'

불타는 머릿속으로 마지막 다짐을 정리하고 끝까지 눈을 부릅뜨고 앞을 응시하고 있었다.

"노태우 정권을 타도하자."

입을 여는 순간 뜨거운 불길이 목을 타고 들어왔다. 말로만 듣던 기도화상을 체험하자 열기로 말문이 막혔다. 더 말을 하고 싶었지만 목소리가 나오지 않았다. 그래도 민혁은 마지막까지 짜내는 목소리를 내며 불길을 입안으로 삼켰다.

"노태우 정권을 타도하자!"

캠퍼스 전체에 울리는 한마디를 남기고 이십 대 청년은 옥상에서 뛰어내렸다. 둔탁한 정적이 흐르던 캠퍼스에 울려 퍼졌다.

"사람이 떨어졌다! 119! 119불러!"

다음 날 아침 기훈의 어머니가 그를 잠에서 깨웠다.

"기훈아! 또 한 사람이 분신했어. 뉴스에서 난리다."

깊이 잠들어 있던 기훈은 '분신'이라는 단어 한 번에 이불을 박차고 일어났다. 일순간 잠이 한꺼번에 깼다. 찬물로 정수리를 가격당한 느낌에 식은땀까지 났다. 기훈은 어머니 말을 듣고 곧바로 텔레비전으로 향했다.

"속보입니다. 오늘 아침 서강대 본관 옥상에서 박민혁 씨가 몸에 불을 붙인 채 투신해 숨졌습니다."

'박민혁?'

충격을 넘어선 쇼크가 기훈의 사지를 감쌌다. 자신의 동료 이름을 텔레비전을 통해 듣는 기분은 현실이 아닌 것 같은 착각이 들 정도였다. 잠시 기훈은 멍하게 TV 앞에 앉아 있었다. 순간 전화 한 통이 걸려왔다.

"오빠, 뉴스 봤어?"

"응. 방금 봤어."

"어떻게 된 거야?"

"나도 모르겠어."

박민혁, 말도 안 되는 상황에 기훈은 머릿속이 하얘졌다. 하지만 직감적으로 지금 가야 할 곳이 떠올랐다. 분신이라니… 기훈에겐 너무 큰 충격이었다. 기훈은 세수도 하지 않고 옷만 걸치고 집에서 뛰어 나왔다. 사무실에 전화를 걸었지만 계속 통화중이었다.

사무실에는 조직국 김민진 선배가 먼저 와 있었다. 폭주하는 전화기 다섯 개를 번갈아 가며 받던 선배는 기자의 질문에 대답하랴, 다른 전화 받으랴 정신이 없어 보였다. 기훈은 서둘러 전화를 나눠 받기 시작했다. 어디서 알았는지 기자들이 벌 떼 같이 전화를 걸어왔다. 이에 질세라 경찰의 전화도 빗발쳤다. 그런데 관련 전화를 받으면서 기훈은 당혹감을 감출 수 없었다. 고인이 된 박민혁의 신상정보가 제각각이었다.

'죽은 사람은 민혁이랑 동명이인이 죽은 게 아닐까?'

기훈은 혹시나 하는 미련을 버리지 못했다. 그 덕분에 낮 시간은 금방 가버렸다. TV에서는 『노태우 정권을 퇴진』이라는 유서내용이 반복해서 나왔다. 유서의 내용을 외치는 민혁의 목소리가 귓가에 들리는 듯했다. 그런데 분신이 일어난 지 얼마 지나지 않아 곧바로 석간신문에서 분신의 배후가 있다는 논조의 기사가 보도되기 시작했다. 배후에 관한 주변 정황도 맞아 떨어졌다. 아침에 있었던 치안관계관 회의도 그러했고, 얼마 전 조선일보에 기고된 김지하 씨의 글, 그리고 서강대 박홍 총장의 발언 등 분신 배후설에 불을 붙일 내용은 얼마든지 충분했다. 서강대 총장은 박민혁 분신 후 기자회견을 열고 죽음을 선동하는 배후 세력이 있다고 주장하기까지 했다. 상황이 이렇게 흘러가자 정권 심판을 외치던 시민들도 점차 '배후'에 대해 의심하기 시작했다. 그리고 공안정국의 막이 서서히 오르고 있었다.

신고를 받고 출동한 서울 마포경찰서 경찰이 분신현장을 확인했다. 이어 서부지청 검사의 지휘로 1차 현장검증을 실시했고 박민혁 분신 사건은 서울지검 강력부로 송치했다.

정 총장도 난처하기 짝이 없었다. 최근 회의에서 분신 대책을 논의했고, 오늘 아침까지 치안관계회의를 통해 분신의 배후를 조사하라는 이야기가 오고 갔는데 또 분신으로 사람이 죽었기 때문이었다. 특히 이번 배후조사는 치안대책회의에서 공안 기관인 안기부와 기무사가 아닌 검찰로 배당됐기 때문에 책임이 더욱 막중해졌다.

사실 검찰 입장에서도 언제까지나 안기부와 기무사의 졸병 노릇을 할 수는 없는 상황이었다. 명색이 사법고시를 패스한 엘리트 집단이었지만, 군부 출신의 대통령 그늘 때문에 늘 찬밥에 심부름꾼이었다. 기껏 한다는 것이 위에서 저지른 더러운 똥이나 닦아주는 비주류 기관 노릇이었다. 그래서인지 이번만큼은 그 사슬을 반드시 끊어야만 했다. 정 총장은 앞선 분신과 달리 박민혁 죽음 조사를 위해 공안부가 아닌 강력부로 사건을 송치했다.

검찰은 곧장 장례식장에 수사팀을 파견했다. 그리고 검찰의 포커스는 박민혁이 죽은 이유, 목적, 의미가 아니라 오로지 분신의 배후였다. 배후가 없을 수도 있었지만 이미 기정사실화 한 듯한 표적수사가 진행되고 있었다. 그리고 검찰은 이번 사건의 핵심을 '유서'와 '배후' 두 가지로 압축했다.

검찰은 가질 수 있는 유일한 단서는 고인이 남긴 유서 두 장이었다. 유서가 고인이 작성한 것이 맞는지 확인을 할 필요가 있었다. 검찰은 박민혁의 주민등록 소재지인 경기도 안양시 호계동사무소에서 예전 민혁이 주민등록증을 분실하고 작성한 『주민등록증분실신고서』를 입수했다. 그러면서 본격적으로 주변 인물을 탐색하기 시작했다. 유서의 필적, 그것은 검찰의 논리를 완성시켜주는 열쇠인 것처럼 보였다.

다음날 검찰은 박민혁의 가족으로부터 예전에 누나에게 선물하며 그가 책에 써 놓은 책표지를 입수했다. 정자체로 쓰인 책표지의 글씨는 유서의 글씨와 확연한 차이가 났다. 검찰의 시나리오를 증명이라도 해주는 듯한 필적에 하나의 논리적 발판을 마련한 검찰은 유서 대필에 가능성을 두고 분신의 배후를 찾는데 집중했다. 그리고 한편으로 언론에 사건수사 내용을 흘려 검찰의 조사가 본격적으로 시작되었음을 세간에 똑똑히 알렸다. 만약 배후가 있다면 지금부터라도 함부로 행동하지 못하게 하려는 경고였다. 하지만 그 경고는 며칠도 가지 않아 산산이 부서졌다.

"누가 분신의 배후를 조종한단 말인가? 노태우는 퇴진하라."

5월 10일 노동자 윤용하 씨가 네 번째로 분신을 하며 남긴 마지막 말이었다. 김기석 장관을 비롯한 검찰 쪽은 미칠 노릇이었다. 박민혁의 분신이 있었는데 이틀 뒤 바로 분신이라니. 검찰은 배후를 찾는데 서두를 수밖에 없었다. 정국에서 정권퇴진의 목소리가 더욱 커져 갔다. 박민혁의 자취방을 압수수색하던 검찰은 필적이 될 만한 것은 모조리 챙겨 나갔다. 그리고 곧바로 국립과학수사연구소에 유서와 입수한 증거자료 글씨의 필적감정을 맡겼다. 다음날 검찰은 전민련에도 박민혁 필적 제출을 요구했다. 전민련에서 박민혁 글씨야 말로 가장 최근에 쓴 친필이기에 유서와 대조해 볼 필요가 있었다.

동시에 서울지검 강력부 수사관들은 민혁의 여자 친구로 지목된 홍혜민의 집으로도 들이닥쳤다. 수사관은 집을 압수수색하며 그녀를 서울지방검찰청으로 강제로 연행했다.

Part 2

유서대필

5월 14일 홍혜민에 대한 조사서

검사 신상훈 : 본인에 대해 간략히 말해.

홍혜민 : 저는 집에서 아버지와 어머니 그리고 두 동생과 함께 살고
        있으며, 한국대 사범대학 과학교육과를 졸업했습니다. 지금은
        의정부 소재 여고에서 생물 과목 강사로 일하고 있습니다.

검 : 박민혁을 알게 된 일시와 장소 및 경위는 어떻게 돼?

홍 : 대학 선배인 전민련 총무부장 김기훈 선배의 소개로 교사 임용
    고사 만나게 됐습니다.

검 : 어떤 관계였어?

홍 : 연인 사이었습니다.

검 : 조금 더 자세하게 말해봐!

홍 : 처음에는 단순한 친구이자 선후배의 느낌으로 만나게 되었습니다. 주로 나누었던 이야기는 사무실에서 무슨 일을 하고 있는지 정도였습니다. 두 번째 만날 때 오빠가 저에게 진지하게 만나고 싶다고 했고, 저 역시 교제를 계속해보기로 하고 만남을 가져왔습니다. 그러다 서로 만나는 횟수가 많아질수록 서로 정이 들었고 사건이 있기 전까지도 매주 1~2회 만나는 사이였습니다.

검 : 박민혁은 자신을 어떤 사람이라고 소개했지?

홍 : 자신은 기훈 선배와 같이 전민련 사무실에서 일하는 후배라고 소개했습니다. 그리고 한양대학교 철학과를 3학년 때 학생운동을 하다가 중퇴했다고 했습니다.

검 : 서로 결혼하자는 말은 했어?

홍 : 올해 3월 중순쯤 청량리역 앞 시계탑에서 만나 기차를 타고 춘천 청평사를 둘이서 놀러 가려고 했습니다. 하지만 기차 시간이 맞지 않아 상봉터미널에서 버스를 타고 춘천 청평사를 갔습니다. 청평사를 구경하고 데이트를 한 뒤 저녁 무렵 춘천 닭갈비 골목에서 밥을 먹으면서 민혁 오빠가 저에게 "우리 결혼하자"고 했던 적이 있습니다. 그때는 제가 결혼은 생각도 안 해 보았으므로 아무런 대답을 하지 않았습니다. 그 뒤로도 오빠가 은연중 결

혼 이야기를 비치면 제가 좀 천천히 생각해 보자고 미뤘습니다.

검 : 박민혁을 만난 사실을 기억나는 대로 말해봐.

홍 : 1991년 1월 20일 처음 소개를 받아 만났고 다음날 한 번 더
만났으며, 2월 초순경 슈베르트 빵집에서 본격적인 교제를 시작
했습니다.

그러던 중 4월 말, 새벽 2시경에 오빠가 술에 취해 전화를
걸어온 적이 있습니다. 급하게 준비를 하고 민중병원 앞에서만났더니
오빠가 개인적인 고민이 많아서 힘들다고 하소연했습니다. 업무가 많
아서 힘들다기보다는 자신이 하는 일의 방향에 대해 많이 혼란스러워
했던 것 같습니다. 저는 같이 걸으며 이야기를 들어주었고 정오쯤에
돌아왔습니다. 하지만 그 일로 그날 밤 아버지께서 새벽에 나돌아다닌
다고 몹시 추궁을 하여 오빠의 이름을 말해 준 사실이 있습니다.

검 : 그 당시 부친께 박민혁에 대해 말했나?

홍 : 네. 한양대 철학과 4학년에 재학 중인 학생이라고 소개했습
니다.

검 : 본인이 알기에도 박민혁은 한양대생이 아니잖아?

홍 : 당시 제가 알기로는 한양대 철학과 3학년을 중퇴한 것으로 알
고 있습니다.

검 : 그렇다면 왜 부친에게 거짓말을 했어?

홍 : 당시 아버지께서 제 머리 일부를 가위로 자르고 분위기가 심상 치 않았습니다. 만약 남자친구가 전민련에서 일하는 사람이라고 말하면 무슨 일이 날 것처럼 험악해서 거짓말을 했습니다.

검 : 그 후에도 몇 차례 만났지?

홍 : 1991년 5월 2일 저녁 7시 서강대 부근의 아카데미 카페에서 만나 이야기 나눈 적이 있고, 5월 4일 낮 강경대 사건 비상대책 위원회가 있는 연대 학생회관 3층으로 찾아가 오빠와 함께 학생 식당에서 점심 식사를 했던 기억이 있습니다.

검 : 마지막으로 박민혁은 만난 때는 언제야?

홍 : 1991년 5월 7일 저녁 신촌 복지다방에서 오빠를 만나 밤에 아 현 전철역에서 헤어질 때까지 함께 있었습니다.

검 : 분신하려고 한다는 생각은 들지 않았어?

홍 : 그런 생각은 들지 않았습니다.

검 : 진술서에 따르면 그날 박민혁이 "이상한 말들을 계속해 기분이 별로 안 좋았다"는 부분이 있는데 이건 무슨 소리야?

홍 : 오빠는 그날 평소와 달리 심각한 표정이었고, 연대에서 한창 강경대 대책위로 일하던 중인데 떠날 것처럼 말해 이상한 말로 생각하였습니다.

검 : 박민혁과 헤어질 때 그의 복장은 어땠어?

홍 : 감색 양복 상의를 입었고 구두를 신었던 것으로 기억합니다.

검 : 박민혁이 죽고 나서 기자회견을 한 사실이 있지?

홍 : 네. 사건이 있던 날 오후 2시경 연대 학생회관 3층에서 기자회견을 하였습니다.

검 : 어떤 내용이었어?

홍 : 오빠와 전날 만난 사실과 죽기 전에 통화한 내용, 그리고 "배후를 조종한 사람이 있느냐"라는 질문이 들어와 "없다"고 하였습니다.

검 : 박민혁이 너에게 편지나 기타 쪽지 등을 준 적이 있나?

홍 : 1991년 2월 8일 슈베르트 카페에서 오빠에게 받은 메모지가 있어 가져왔습니다.

검 : 박민혁이 무슨 말을 하면서 쪽지를 줬어?

홍 : 자기가 낙서나 것인데 잘된 것 같다. 읽어보라면서 주기에 받았습니다.

검 : 메모지를 내용이 너와 관련된 내용이야?

홍 : 아닙니다.

검 : 그럼 너에게 메모지를 건네준 사람이 박민혁이 아닐 수도 있네. 니 이야기가 아닌데? 전혀 관련 없는 내용이잖아?

홍 : 그 내용이 저도 기분은 나빴으나 제가 민혁 오빠에게서 받은 것이 맞습니다.

검 : 박민혁의 필적이 나오는 다른 자료는 없나?

홍 : 1991년 3월경 준 것으로 기억되는 '조국은 하나'라는 전국 민족민주운동연합의 수첩이 있습니다.

검 : 수첩 중 어느 내용이 박민혁의 필적이야?

홍 : 수첩의 3월 셋째 주 날 복지다방 약도와 맨 뒷부분의 『박민혁 전화번호 743-9127, 9128 FAX)742-8289』의 기재가 오빠의 필적입니다.

검 : 약도와 전화번호는 박민혁이 직접 적었지?

홍 : 약도는 오빠가 3월경 위 수첩을 저에게 주었습니다, 그때 약속 장소를 저의 집과 자신의 자췻집인 모래내의 중간지점인 신촌으로 하자고 하면서 "신촌 복지다방을 아느냐"고 물었습니다. 그때 제가 "모른다"고 하자 버스 안에서 적어준 것입니다. 전화번호는 1991년 4월경 어느 카페 안에서 적어준 것으로 모두 제 앞에서 직접 적은 것입니다

검 : 더 할 말이 있나?

홍 : 없습니다.

몇 시간에 걸친 진술서 작성과 대면 조사가 있었습니다. 하지만 이곳에 제 편은 아무도 없었습니다. 어느 누구도 절 도와주려 하지 않았습니다. 저는 유령처럼 이곳에 존재해야만 했고, 조사실에서 철저하게 무너져야 했습니다. 검사들과 수사관은 성난 승냥이마냥 제 다리를 물고 늘어졌습니다. 제가 한 말에 대해 믿으려는 기색은 한순간도 없었습니다. 그저 자신들이 원하는 답변이 제 입에서 나오기만을 기다리는 눈치였습니다. 진술서를 쓰고 있던 그 순간 제 마음은 한순간도 편한 적이 없었습니다.

검사인지 수사관인지 모르겠지만 몇 시간에 걸쳐 진술을 했습니다. 그리곤 아무 말도 없이 문을 열고 나가버렸습니다. 저만 혼자 남겨 둔 채로 말이죠. 아무 소리도 들리지 않았습니다. 이곳은 저와 그리고 저의 숨소리뿐입니다. 저기 책상 너머로 크게 놓여 있는 거울에 비친 저 사람이 제가 맞을지도 모르겠습니다. 누군가는 그것 너머로 저를 보고 비웃고 있겠죠.

많은 생각들을 하게 하네요. 제가 왜 이곳에 와야 되는지, 제가 잘못한 것이 무엇인지. 그 사람이 원망스럽기도 합니다. 저에 대한 책임 의식은 없었을까요? 일이 이렇게 될 것이라 예상하지 못한 것일까요? 사실 아직도 잘 모르겠습니다. 유서를 남기고 떠난 그 사람이 제가 알던 그 사람이 맞는지. 그 사람을 소개시켜준 기훈 형이 원망스럽기까지 합니다. 점점 이곳이 무서워집니다. 기훈이 형에게 말은 들었지만 이곳은 제가 생각했던 곳보다 훨씬 무섭습니다. 그리고 사람들은 제가 그려왔던 것보다 훨씬 더 비열합니다. 검찰 조사실, 이곳은 그런 곳입니다. 이제 막 대학을 졸업하고 사회로 발을 내딛기 시작한 스물여섯 처녀에겐 너무 견디기 힘든 곳입니다….

시간이 얼마나 지났을까요? 무더운 초여름이지만 차가운 이 방의 공기, 그리고 아무도 없는 이 적막감이 제 가슴에 뿌리를 내려 이제는 숨조차 쉬기 힘듭니다. 평생 이곳 서초동 검찰청에 올 일이 없었는데 지금은 제가 이곳에서 무서운 사람들과 숨을 섞고 있어야 합니다. 보기에도 딱딱한 이 건물에 들어온 뒤로 단 한 순간도 쉬지 못했습니다. 하지만 저와 숨을 섞는 검사와 수사관은 번갈아 가며 얼굴을 바꾸고 절 놓아두지 않고 있습니다. 이따금 담배냄새 가득한 모습으로 들어와 입을 벌릴 땐 역겨워 어딘가에 구토를 하고 싶기까지 합니다.

하지만 제가 생각해도 제가 너무 한심합니다. 긴장인지 공포인지, 아니면 지쳐버린 제 가슴 때문인지 모르겠지만, 무거운 눈꺼풀이 저를 짓누릅니다. 분명 제 남자친구는 얼마 전 세상을 떠났고, 검찰에 수사받고 있다는 최악의 상황에서도 잠을 잘 생각을 하고 있네요.

방금 검은색 양복을 입은 수사관 한사람이 문을 열고 들어왔습니

다. 분명 그 사람에게 느껴지는 느낌은 검사가 아니었습니다. 본인을
수사관이라 소개한 이 남자. 제가 조금 졸려한다는 것을 알아채자, 서
류를 책상에 내려치면서 비몽사몽의 저를 굉음 속에 빠뜨렸습니다.

"홍. 혜. 민."

누가 들어도 본인의 목소리가 아니었습니다. 억지 저음 톤이 너무 거
북했습니다. 어색하게 표준어를 쓰려는 경상도 말투 때문일까요? 그는
왠지 부자연스러웠습니다.

"당신 생각 잘해야 돼. 지금 이렇게 가면 살인방조죄로 같이 엮을 수
있어."
"전 있는 사실 그대로 말했습니다."

제 말이 이 사람을 웃겼나 봅니다. 그 사람이 정색할 만큼 웃겼나
봅니다. 저를 바라보는 경멸 섞인 저 눈빛. 그리고 비소. 그는 무슨 생
각을 하고 있는 걸까요?

"씨발년아. 어떤 사람이 분신을 해서 죽었단 말이야. 그게 그렇게 쉬
운 일인 것 같아?"

온몸에 소름이 돋았습니다. 갑자기 돌변하는 야수처럼, 그 사람을 저
를 삼켰습니다. 등에는 순간 식은땀이 척추뼈를 타고 흘러내렸습니다.

"너 같은 년놈들 때문에 대한민국이 이 모양 이 꼴인 거야. 분신을 부추기지 않나, 분신을 하지 않나. 분신하면 다야? 독한새끼들! 몸에 불을 붙이고 뒤지다니. 넌, 마지막 순간에 그 새끼하고 같이 있었단 이유 하나만으로 잡아 처넣을 수 있어."

부모님조차 저에게 하지 않았던 욕설을 지금 이 남자에게 듣고 있으려니 미칠 것 같았습니다.

"그러게 제대로 된 놈을 만났어야지 씨발. 너 진술 기록을 봐. '다신 못 볼 것 같다.'라고 적었지? 그럼 넌 네 남자친구 놈이 자살을 하려고 했는데 말리지 않은 거잖아? 좆 된 거지. 그래서 너에게 자살방조혐의가 성립 되는 거야. 너는 구속이란 뜻이지. 알겠어 쌍년아?"

"저는 그 말뜻이…"
"닥쳐 쌍년아. 내가 말하고 있는데 어디서 주둥아리를 놀려."

더럽게 포장된 육두문자가 그의 입을 뚫고 제 가슴을 뚫고 지나갔습니다.

"너 같은 년은 콩밥 좀 먹어 봐야 돼. 넌 지금 묵비권을 행사하고 있어서 잘했다고 생각하고 있지? 아무런 잘못이 없다고 생각하고 있지? 아니야. 우린 그렇게 생각 안 해. 그리고 그렇게 생각하고 있는 너 같은 인간을 빵에 처넣는 게 우리 일이야. 잘 생각해라. 인생 좆 날 수 있으니."

　실컷 저에게 분풀이를 끝낸 수사관은 의미심장한 말을 남기고 나가 버렸습니다. 눈물이 났습니다. 가슴을 저미는 고통에, 눈물이 나서 펑펑 울었습니다. 너무 억울했고, 이런 짐만 남기고 떠난 오빠가 너무 미웠습니다. 분신이 아니었어도 사회를 바꿀 수 있는 일은 얼마든지 많은데, 왜 그런 선택을 해야만 했는지 오빠에게 묻고 싶었습니다. 그리고 제 자신에게 같은 질문을 던졌습니다.

　제 꿈은 당당한 교사인데, 죄수복을 입고 늙어가는 저를 제자들이 찾아온다고 생각하니 어디론가 숨어버리고 싶었습니다. 죄수복을 입은 제 모습과 저를 바라보는 제자들의 모습….

　또다시 암흑의 시간 속에서 얼마가 지났는지 모르지만 처음 보는 말끔한 차림의 남자가 들어왔습니다. 정장 바지에 붉은 넥타이를 한 남자는 조금 전 나간 수사관과 달리 차분해 보였습니다. 뒤늦게 알게 된 사실이지만 그 사람은 이번 사건을 주도적으로 다루고 있는 검사였습니다.

　"혜민양 저는 이번 분신사건을 맡고 있는 신상훈 검사라고 합니다."
　"…."
　"식사는 했어요?"
　"…."

"저런. 우리 수사관들이 아무것도 대접하지 않았나 보네요. 제가 대신 사과드리겠습니다. 이 사람들 하고는….'

이곳에 온 이후로 나에게 밥 한 끼 먹었냐고 물어 본 사람이 없었는데, 이 사람은 그래도 최소한의 인간성은 가지고 있는 듯합니다. 최소한의 인간적인 예의가 느껴진다고 할까요? 검찰청에 불려 들어온 이래로 이번만큼 친근한 말을 들어 본 적이 없었으니까요.

"혜민양 잘 생각해봐요. 지금 이 사건의 경우 대한민국 모든 사람이 지켜보고 있어요."

"…"

"우리는 분신의 배후가 있다는 걸 알고 있고 그 배후를 조사 중에 있어요. 유서의 글씨가 박민혁 씨의 글씨가 아니란 것이 그 이유입니다."

"…"

"여기서 그럼 가장 강력한 용의자가 될 수 있는 사람은 누구겠습니까? 제 생각이 맞다면 혜민 양 바로 당신이 될 것 같은데요?"

네. 그랬습니다. 누가 봐도 민혁 오빠와 가까운 사람은 저 이였기에 분신을 막지 못한 것에 대한 비난을 할 수 있었습니다. 하지만 그건 제 잘못이 아니잖아요. 제가 오빠를 잡았지만 오빠가 제 말을 들어주지 않은 거잖아요. 나도 피해자인데, 나도 슬프고 억울한데 왜, 모두들 저한테만 책임을 떠넘기는 것일까요…

"본인이 정말 배후가 아니라면 배후가 될 만한 사람을 지목해 주는 게 서로 편하게 이 사건을 처리하는 것 같지 않습니까?"

검사의 말은 끝까지 평정심을 유지하는 제 가슴에 큰 돌을 던진 것과 같았습니다. 기훈 형이 끝까지 묵비권을 행사하라고 했는데… 처음엔 독한 마음을 먹고 검찰청에 따라왔지만, 이곳은 제가 생각했던 것보다 훨씬 더 견디기 힘드네요. 지금 몹시 혼란스럽습니다. 여기만 어떻게든 벗어나고 싶은데 나만 아니라고 하면 될지 잘 모르겠습니다. 그러면 오빠의 죽음은 무엇이 될까요?

"정말 혜민양은 이번 분신과 관련이 없습니까?"
"…"
"끝까지 결백을 주장한다면 어쩔 수가 없죠. 우리도 우리 방식으로 결과를 낼 수밖에…"
"…"

이 말을 기다렸다는 듯 신 검사는 가져온 서류를 꺼내기 시작했습니다. 그건 제가 검찰에 불려 와서 처음에 작성했던 자필 진술서였습니다. 글 위로 녹색 형광펜이 칠해진 부분이 눈에 확 들어왔습니다. 낯이 익은 이름이었습니다.

"우리도 혜민 양이 거짓말을 하고 있다고 생각하진 않아요. 그래서 말인데요. 우리는 지금 김기훈 씨를 용의자로 생각하고 있는데 어떻게 생각하시나요?"

"…"

"혜민 양이 작성한 진술서에 보면 고인과 함께 전민련에서 근무하고 혜민 양을 소개시켜 줬고, 시식수준노 높으며 글솜씨도 뛰어나고, 게다가 사회활동에 적극적이었으니 솔직히 혜민 양보다 의심이 간다는 거죠."

"…"

"김기훈 씨가 분신을 사주하고 유서를 대필할 가능성이 전혀 없습니까?"

"네. 없습니다. 기훈 오빠는 그럴 사람이 아닙니다."

"지금 필적조사가 관건인 거 아시죠? 혹시 김기훈 씨가 적어준 글이 있다면 말씀해 주세요."

"…"

"분명 누군가는 이 분신과 연관이 있습니다. 혜민양. 그건 누구도 부인할 수 없어요. 조사하면 다 나옵니다."

"…"

"앞으로의 수사는 혜민 양이 어떻게 하느냐에 따라서 쉬워질지 어려워질지가 달렸습니다. 오늘은 늦었으니 그만 들어가시죠. 생각 잘 하셔야 합니다."

베테랑 검사의 노련한 심리전술. 강압적인 수사관이 분위기를 험악하게 만들고, 검찰이 들어와 타이르며 본인은 자신의 편이라고 인식시키는 기술. 그때 저는 제가 그들이 쳐 놓은 덫을 향해 달려가고 있다는 것을 몰랐습니다. 그저 검찰청을 떠나 밤 11시가 넘어서 집으로 온 그 순간이 너무 행복할 뿐이었습니다. 그곳으로 돌아가고 싶지 않습니다. 아니 생각하기도 싫습니다. 저는 이제 지금의 시련의 터널을 길게 갈 것인지 아니면 짧게 갈 것인지 결심해야 했습니다.

집에 돌아간 뒤 검사님의 말이 잊히지 않았습니다. 결정을 해야만 했습니다. 그래서인지 잠도 오지 않았습니다. 눈을 감으면 곧바로 수사실에 있는 기분이 들어 불을 켜놓고 있어야 했습니다. 다음날 전 다시 검찰청에 나와 오전부터 새벽까지 끊임없는 조사를 받았습니다. 장시간 수면 부족이 저의 이성적인 판단을 위태롭게만 했습니다. 게다가 살벌하고 강압적인 분위기가 계속됐습니다. 끊임없이 저를 위축시키는 말을 하고, 제가 말실수라도 한다 하면 끈질기게 말꼬리를 잡는 식의 조사는 저를 완전히 피폐하게 만들었습니다. 제가 한 말에서 더 많은 걸 요구했고, 있지도 않은 사실을 강압하는 그 분위기에 저도 제가 무슨 말을 하고 있는지 모르겠습니다.

"더 조사해야 하는데 48시간이 지났으므로 자살방조 혐의로 구속할 수밖에 없네. 뭐 별수 없지. 다른 범인이 없으니까."

검사의 마지막 그 말 한마디는 그동안 제가 잡고 있던 이성과 논리의 희망이란 끊을 잘라버리기에 충분했습니다. 저는 이제 정말 결단을 내려야만 했습니다. 이곳에서 더 이상 있을 자신이 없었습니다….

"검사님! 저 앞선 조사에서 착각하고 잘못 말한 부분이 있습니다."
"그게 뭔데?"
"앞서 제가 제출한 메모와 관련된 부분입니다."
"이번 사건에 중요한 부분이야?"
"네."
"잠시만 기다려."

강 검사는 일부러 시간을 비우며 조사실 밖으로 나갔다 왔습니다. 그렇게 기다리는 순간이 더욱 초조해졌습니다. 이것도 심리전술일까요? 십분 뒤 강 검사가 다시 들어왔습니다.

"어느 부분을 착각하고 잘못 말했다는 거지?"
"제가 5월 7일 오빠를 만났을 때, 5월 8일 자살을 하리라는 것을 몰랐다고 한 부분과 오빠가 죽기 전에 저에게 남긴 수첩의 행방, 그리고 제 수첩에 기재되어 있는 오빠 전화번호의 필적 등에 대하여 일부 사실과 다르게 진술했습니다."
"박민혁의 수첩을 넘겨받았을 때 왜 너한테 수첩을 넘겨준다고 말했지?"
"오빠는 죽으러 가니까 필요가 없었을 것이고, 자기가 죽으면 아버지와 가족에게 연락을 취해 달라고 했습니다. 그러면서 녹색 펜으로 아버지와 가족들 전화번호에 동그라미를 표시를 하여 주었습니다."

"미치겠군. 그렇다면 지난 조사에서 왜 이 사실을 숨긴 거야?"

강 검사는 표정은 두 가지였습니다. 제가 말을 바꿔 여태껏 속았다는 사실에 대한 분노와 새로운 사실이 나오는 것에 대한 기쁨, 그 두 가지 표정이 공존했습니다. 그의 그런 마음이 애매한 어조의 질문에서 계속 느껴졌습니다.

"전민련에 수첩을 제출했을 때 김기훈 선배와 최철수 선배가 검찰에서 조사를 받게 되면 쓸데없는 일을 말할 필요가 없다며 수첩에 대하여 말하지 않는 것이 좋겠다고 하기에 1차 조사 때 말하지 않았습니다."

"거봐. 거봐. 우리말은 개떡으로 알고 지 선배들 말은 다 듣는군. 왜 김기훈이 검찰 조사를 받을 경우 수첩에 대하여 말하지 말라 한 거야?"

"5월 10일 오후 3시경쯤 종로 5가에 있는 전민련 사무실 건너편 봉쥬르 카페에서 기훈 형이 저에게 '검찰 조사를 받을 때 말조심하고 묻는 것에만 예, 아니요로 간단히 대답해.'라고 조언해 줬습니다. 또한 '쓸데없는 말을 하면 쓸데없는 사람이 사건에 연루되기 때문에 끌어들이지 말라'고도 했었습니다. 그래서 저도 수첩에 대해 말하지 않는 게 좋겠다고 생각했습니다."

저도 그 당시의 상황이 정확하게 기억나지는 않았습니다. 오빠가 분신자살을 했기 때문에 저도 충격이 컸습니다. 그나마 머릿속에 있는 어렴풋한 기억과 단어를 조합하며 당시를 회상했습니다.

"그날 김기훈으로부터 너 들은 이야기 없어?"

"기훈 형이 '좋은 추억만 갖고 빨리 잊어버려'란 말도 한 기억이 있습니다."

"그럼 그날 제출한 전민련 수첩에 기재된 박민혁이라는 이름과 전화번호는 누가 기재한 거야? 필체가 좀 달라 보이는데?"

다시 기억을 더듬어 보았지만 분명 오빠가 써준 기억뿐이었습니다. 적어도 기훈 형이 저에게 적어 준 기억은 확실하게 없기 때문입니다. 하지만….

"기훈 형이 써주었습니다."

"언제, 어디서."

"아까 말씀드린 봉주르 카페에서 대화를 나눌 때 제 수첩에 자기의 글씨로 써주었습니다."

"그러면 너와 사귀던 박민혁이 죽은 마당에 뭣 때문에 네 수첩에 박민혁의 이름과 전화번호를 적은 거지?"

"형은 평소 제가 좋아하는 선배라서 당시 무슨 뜻으로 그렇게 하는지 별 의심은 없었습니다. 다만 조금 불쾌한 생각이 들었는데 이유는 묻지는 않았습니다."

네. 저도 모르게 기훈 형을 제 자리에 올려놓고 빠져버렸습니다. 정확히 무엇인지 모르지만 지금 이곳을 어떻게든 탈출하고 싶어서였습니다. 그래서 검찰이 의심하는 부분에 대해 동조하게로 했습니다.

"수고했어."

밤샘 조사 끝에 제 귀에 어색한 격려가 들려왔습니다. 듣기 거북했지만 '이제 너는 가도 좋아'란 말처럼 달콤했습니다. 기훈이 형에겐 미안했지만 이 터널에서 한시라도 빨리 벗어나고 싶었습니다. 검찰은 제 진술이 정확한 사실이었음을 못 박기 위해 오늘 했던 진술을 공판기일 전 증거보전절차를 통해 정리했습니다. 이제 검찰의 레이더에는 오직 '김기훈'이란 이름 석 자뿐이었습니다. 저는 이제 이곳을 나갈 수 있습니다. 지금 당장 나가서 어디론가 숨어 이 사건과 모르는 사람이 되고 싶습니다.

전 이제 박민혁이란 남자를 모릅니다….

5월 10일

기훈은 혜민과 단둘이 만났다. 낮에 혜민으로부터 먼저 만나자는 전화가 왔었다. 기훈은 사무실을 비울 수 없어서 혜민에게 사무실 근처로 와달라 부탁했다. 둘은 전민련 사무실 건너편에 있는 봉주르 카폐에서 만났다. 허름한 동네 빵집같이 보여도 맛 하나는 일품인 곳이었다. 빵과 커피를 시켜 먹으며 이야기를 나눴다. 봉주르 카페는 대학로의 학림다방과 함께 젊은이들이 즐겨 찾는 아지트와 같은 곳이었다. 기훈 역시 즐겨 찾는 곳이기노 했다. 혜민은 민혁의 분신 직후 기자들에게 질문을 받으며 슬픔에 가득 찼던 모습과 달리, 모습은 많이 차분해져 있었다. 기훈은 후배의 침착함에 한편으로 마음이 놓였다.

"형, 저 검찰에서 조사를 한다는 연락이 왔어요. 검찰에 가서 조사받을 때 어떻게 해야 될까요?"
"네가 왜 검찰에 조사를 받는데?"

기훈은 혜민이 조사를 받는다는 이야기를 듣자마자 기분이 싸늘해지기 시작했다. 무엇인지 모르겠지만 평범한 조사가 아닐 것만 같았다.

"모든 걸 사실에 근거해서 솔직하게 이야기해. 넌 잘못한 게 하나도 없으니까. 절대 기죽지 말고!"

둘은 검찰 조사 시 어떻게 할지를 논의했다. 묵비권을 취할 것과 필요할 때는 꼭 사실만 말할 것. 심리적인 압박에 넘어가지 말 것. 그 뒤로 시간은 빠르게 흘러갔다. 하지만 돌이킬 수 없는 방향으로 시계가 돌고 있으리라곤 아무도 예상하지 못했다.

5월 12일

사무실에 있던 기훈도 신촌 연세대 쪽으로 자주 나오게 되었다. 그날은 민혁의 장례가 엄숙히 거행되었다. 많은 사람들이 참석한 가운데 엄숙히 민혁의 장례가 진행됐다. 고인은 자유와 민주화를 위해 싸웠던 사람들이 잠들어있는 모란공원에 안치되었다. 장례가 끝난 후 기훈과 수연, 혜민과 철수는 종로 5가에 있는 전민련 사무실 근처 도이치 호프집에서 생맥주를 마시며 이야기를 나누기로 했다.

"힘내 혜민아."

철수가 혜민을 위로하려고 말을 꺼냈다.

"괜찮아요 형. 저 당당하게 이겨내려고 해요."

혜민은 글썽이는 눈으로 힘차게 말했다.

"이번에 혜민이가 기자회견하게 두는 게 아니었어."

철수의 목소리에 자책감이 묻어 있었다.

아마도 민혁이 죽은 직후 혜민이 가진 기자 회견을 말하는 듯했다.

"혜민이가 고생이 많다 정말. 네 일도 아닌데 우리가 너한테 짐을 짊

어지게 한 것 같아. 이젠 우리가 어떻게 대응해나갈지 그 방법이 중요한 것 같아."

기훈은 말을 끝내고 맥주잔을 끝까지 들이켰다.

"괜찮아요. 다들 저를 걱정해줘서 너무 고마워요…."

혜민이도 붉은 눈을 감으며 맥주를 비워냈다. 눈물을 꾹 참았다. 혜민은 기훈을 향해 방긋 웃어 보였다. 그것이 마지막 모습이었다. 얼마 뒤 기훈은 혜민이 검찰에 연행됐다는 소식을 들을 수 있었다. 그리곤 며칠 동안 연락이 되지 않았다. 기훈은 걱정이 됐지만 씩씩한 혜민이 잘 이겨낼 것이라 생각했다. 적어도 기훈이 생각하는 혜민은 밝고 강직한 여자였다.

한편, 전민련 사회부장 박민혁의 분신 후 여론은 크게 동요됐다. 그의 분신 이후에도 윤용하 씨가 분신을 했지만 분신의 배후가 있다는 이야기가 흘러나오면서 기존에 준비해오던 일들이 조금씩 뒤틀리기 시작했다. 기훈은 평소 안면이 있던 학교선배인 박원순 변호사를 찾아가 혜민의 연행사실을 알리고 조언을 구하며 사방으로 뛰어다니고 있었다. 하루가 어떻게 지나가는지도 모를 정도로 빠르게 흘러갔다.

그사이 여론과 분위기는 극명하게 양분돼 갔다. '정권 퇴진'과 '분신 배후'. 자의든 타의든 주변은 정권퇴진을 요구하는 시민세력과 자살을

방조하며 죽음을 부추겼다 주장하는 검찰이 정면으로 충돌하고 있었다. 패하는 쪽은 다시는 회복 불능상태가 될 수준이었다. 정권퇴진을 요구하는 측이 승리할 경우 노태우 군부정권과 부도덕한 검찰은 옷을 벗어야 했고, 분신의 배후 가설이 적중할 경우 도덕성을 최우선으로 여기던 운동권은 침몰해야만 했다. 어디서부터 이런 논의가 출발됐는지 정확하게 짐작할 수는 없지만 누군가에 의해서 기획되고 의도되고 있다는 것만은 확실했다.

며칠 뒤 기훈은 연대 대책위 쪽에서 일을 하는 중이었다. 저 멀리서 상철이가 손짓을 하며 뛰어왔다.

"기훈아, 큰일 났어."
"왜? 또 무슨 일이야?"

다급한 친구의 목소리가 심상치 않음을 직감적으로 느낄 수 있었다. 새로운 분신에 대한 불안감이 엄습해 왔다. 하지만 친구의 입에서 들려온 이야기는 더욱 충격적이었다.

"민혁이 죽음에 배후가 있대. 유서는 대필됐고."
"응. 배후 이야기는 예전부터 돌아다녔잖아. 물타기 하려고."
"그게 중요한 게 아니야. 그 대필자로 네가 용의 선상에 올라있어."
"뭐?"

수면 아래에 이야기로만 존재했던 배후세력이 나타났다는 것과 그것이 자신이란 것에 기훈은 소스라치게 놀랐다. 8일 민혁의 분신 뉴스를 보며 아침잠이 깼던 느낌 그대로 쇼크가 기훈의 머리를 덮쳤다.

"…"
"기훈아 괜찮아?"
"무슨 그런 말도 안 되는 이야기를…."

기훈은 대수롭지 않게 생각하려고 마음을 정리해볼까 했지만 쉽게 되지 않았다.

기훈은 검찰이 얼토당토않은 이야기를 만들어 재야 운동권 도덕성에 먹칠을 하려는 것이 느껴졌다. 그러면서도 검찰이 왜 자신을 범인으로 몰고 갈 만큼 자충수를 두며 수사를 진행하려는지 의아했다. 만약 사실대로 판명 날 경우 후폭풍은 걷잡을 수 없을 것인데….

지금의 분신정국은 노태우 정권을 벼랑 끝으로 내몰고 있었다. 임기 초에 터진 각종 비리의 얼룩과 함께 강경대 치사사건, 그로 인한 네 젊은 영혼의 분신. 어느 것 하나 정부에 유리한 것이 없었다. 조금만 더 하면 분명 모래성으로 쌓은 군부정권의 잔재를 씻어낼 수 있었다.

하지만 검찰의 수사와 여론은 기훈이 생각했던 내용과 다른 양상으로 변해갔다. 검찰은 무슨 자신감인지 몰라도 유서가 대필됐다는 것에 확신을 가졌고 전민련 총무부장 김기훈이란 인물을 통해 그 논리를 증명하려 달려들고 있었다. 그리고 이제 막연한 배후설만 나오던 뉴스는 이미 김기훈이란 이름으로 가득 차 있었다. 기훈은 TV를 켜면 나오는 인물의 얘기가 자신의 이야기인가 아직까지 실감나지 않았다. 세상은 그를 범인으로 확신하고 있었다. 매일같이 신문방송에서 자신의 이름을 보는 것은 고통스러운 일이었다.

전민련도 긴급대책회의를 열었다. 전민련 총무부장이 같은 전민련 사회부장의 자살을 부추기고 유서를 대필했다는 이슈에 전국적으로 대응하지 않으면 조직 전체가 위태로울 사안이었다. 지금껏 정권퇴진이라는 불씨를 살려 열사들의 노력으로 노태우 정권 전복의 문 앞까지 왔는데 불씨를 꺼뜨릴 수 없었다. 전민련은 고심 끝에 기훈이 검찰의 소환에 응하지 않는 것으로 합의를 보았다. 대신 명동성당에서 세상이 공정한 눈으로 이 일을 바라볼 때까지 시간을 갖도록 하자고 의견을 모았다.

그날 밤. 기훈은 최소한의 짐만 챙기고 곧바로 명동성당으로 향했다. 많은 것을 챙길 여유가 없었다. 범죄자 아닌 범죄자가 되어 도망치는 것 같아서 억울함이 복받쳐 올랐다. 갑작스런 기훈의 등장에 명동성당 측도 당황하는 기색이었다. 하지만 기훈의 진실성과 현 상황에 대한 냉철한 내부 논의를 거친 뒤 김수환 추기경과 명동성당 측은 기훈에게 두 팔을 걷어붙이고 물심양면으로 구원의 손길을 내밀기 시작했다.

기훈이 성당으로 들어갔다는 첩보를 들은 경찰도 언덕 아래서 진을 치기 시작했다. 북적이는 명동은 이제 일촉즉발의 화약고로 돌변하며 운명의 카운트를 시작했다.

배후

김기훈과 관련된 사람은 모두 검찰의 조사를 받아야 했다. 일단 검찰로 조사를 받으러 불려가는 것 자체가 지인들에겐 두려움과 고통이었다. 법을 준수하며 단 한 번도 경찰서와 검찰청의 문턱을 넘어본 적이 없던 사람이 검찰 조사실로 불려 들어갈 때 두려움은 이루 말로 다 할 수 없다. 게다가 그 속에서 그들의 주위 사람마저 파괴시킬 수 있는 검찰의 공갈 협박에 치를 떨었다. '이게 아니면 다른 죄목으로' '너 아니면 친구든 가족이든' 얼마든지 사람을 오라 가라 할 수 있는 곳이 검찰청이었기에 결코 유쾌하지 않은 방문이었다. 과거 군사정권 속에서 안기부와 기무사가 깡패처럼 굴었다면 지금 민주화라는 껍데기 속에 검찰이란 조직이 그 역할을 대신하고 있었다.

김기훈이라는 인물 덕분에 검찰과 정부는 쾌재를 부르고 있는 터였다. 노태우 정권의 비리와 퇴진, 백골단 해체를 외치던 사람들도 이제는 도덕성에 금이 가버린 집단처럼 분류되며 분신의 배후가 있느니, 유서대필 공방으로 싸우고 있었다. 언론은 누가 이기든 상관없는 싸움에서 추측성 기사를 난무하며 물 만난 고기처럼 양쪽을 집요하게 물고 늘어졌고 어디선가에서 소스가 하나 떨어지면 앞다투어 기사를 써댔다. 도대체 기자의 양심이 있는지, 기자 윤리가 있는지 찾아볼 수 없었다. 공권력과 소위 보수 언론은 분신의 행위를 매도하고 특히 분신의 배후가 있음을 집요하게 물고 늘어졌다. 그리고 그 배후에는 동료를 죽음으로 몰고 간 김기훈이 있었다.

6월 7일

초여름이 다가오고 있었다. 그사이 삼미기공 노동자 이진희 씨가 분신을 했고, 며칠 뒤 석광수 씨까지 분신했다. 이제 두 달 사이 약 13명이 현 정권에 항거하며 분신 또는 의문사로 유명을 달리했다. 대한민국은 '분신공화국'으로 치닫고 있었다. 이미 분신의 파도는 현 정권이 감당할 수 있는 방파제를 넘어섰다. 해안 마을을 덮치기 직전 높게 솟구쳐 오른 파도의 벽처럼 기훈의 앞에서 낙차를 고할 순간을 기다리고 있었다. 경찰과 대책위는 명동성당을 사이에 두고 팽팽한 긴장감을 이어갔다.

검찰은 5월 한 달 동안 국과수로부터 총 네 차례의 필적감정을 의뢰했고 유서가 기훈의 글씨와 동일하다는 결론을 확보한 상태였다. 그리고 검찰은 기훈의 유죄를 입증할 수 있는 증인 한 명을 준비해둔 상태였다.

기훈은 진퇴양난의 기로에 놓여 있었다. 진짜 죄인이라면 도주라도 해서 공소시효가 만료될 때까지 숨어 지내면 됐지만 결백하기에 그럴 수도 없는 상황이었다. 검찰은 더욱더 악랄하게 언론플레이를 했고, 덕분에 주위 지인들과 친구들, 가족들 모두 검찰에 불려가 수사를 받아야 했다. 명동성당에서 그런 소식을 들을 때마다 기훈은 고통에 몸부림쳐야 했다. 자기 목을 옥죄는 자책감은 이루 말할 수 없었다. 게다가 명동성당은 주위에는 언제 어느 순간 공권력이 투입될지 모른다는 불안감이 가득했다.

길을 지나가는 사람들도 과잉검문으로 골치를 앓고 있었다. 심지어 경찰은 검문을 한답시고 여자를 희롱하기도 했고 애꿎은 성당 신도의 출입을 막기도 했다. 자신으로 인한 주변 사람의 고통이 가중되자 기훈은 결정을 해야만 했다.

'찬란한 슬픔의 여름⋯'

눈부시게 내리쬐는 햇볕은 지금의 비통함을 아름답게까지 느껴지게 만들었다. 기훈은 명동성당 입구에서 언덕 아래를 내려다봤다. 수백 명이 넘는 시민과 취재진, 그리고 경찰이 뒤엉켜 기훈을 바라보고 있었다.

『저는 오늘 검찰청에 자진 출두합니다. 저는 결백합니다. 결백하기에 당초부터 저의 길은 떳떳한 자진출두의 길밖에 없었습니다. 유서대필 용의자로 지목된 지난달 18일부터 지금까지 저는 이곳 명동성당에서 자진출두 시기를 늦추면서 국민 앞에 저의 결백과 진실을 밝히려는 노력을 해왔습니다. 이는 저를 증거도 없이 범인으로 단정하는 엄청난 언론공세에 밀려 마지막 벼랑 끝까지 몰려갔던 제가 저의 양심과 진실을 지킬 수 있는 최소한의 여건을 마련하기 위한 안간힘이었습니다.

국민 여러분! 검찰의 조사과정과 법원의 재판과정을 공정한 눈으로 끝까지 지켜봐 주실 것을 그리고 무엇이 진실인가를 부릅뜬 눈으로 끝까지 지켜봐 주실 것을 간절히 호소합니다. 저는 농성기간 중 많은 분들과 만나면서 이 땅의 양심이 살아 있음을 확인하였습니다. 이름을 밝히지 않고 저에게 성금을 전달해 주신 분들, 손을 꼭 잡아주시면서 힘을 내라고 말씀해 주신 많은 시민들과 종교계의 지도자분들, 특히 가톨릭이 보여주신 관심과 격려는 진실은 통한다는 믿음을 확인하기에 충분한 것이었습니다. 마지막으로 매우 어려운 상태에서 갖은 피해를 감수해 온 명동성당 관계자 여러분들과 신도 여러분들에게 감사의 말씀을 전합니다. 1991. 6. 24. 명동성당에서 김기훈』

기훈은 명동성당 언덕에서 신부님과 전민련 관계자들에게 인사를 하고 언덕길을 내려갔다. 성당 아래에는 호송차와 경찰들, 그리고 취재진이 장관을 펼치며 기훈을 기다리고 있었다. 터지는 플래시 속으로 기훈은 담담하게 걸어갔다. 이윽고 경찰이 그의 양쪽 팔을 붙들고 수갑을 채웠다.

"당신을 유서대필 및 자살방조 혐의로 긴급 체포합니다."

기훈은 곧장 서울지방검찰청으로 이송됐다. 서울지검 1102호실 조사실에는 책상 하나와 의자 두 개가 놓여 있었다. 외부에서 들어오는 빛은 모두 차단되고 오로지 조사실 조명만이 시야를 확보하게 해주었다. 시계도 없었기에 시간이 얼마나 흘렀는지, 지금이 며칠인지 알 수가 없었다.

이번 사건을 맡은 신상훈 검사는 기훈에게 종이와 연필을 던져주며 지금까지 있었던 일을 모두 자필로 쓰도록 지시했다. 이미 수사 방향과 범인을 확정한 검찰이었지만 조사서는 향후 증거자료로도 유용하게 활용되기에 자필로 쓴 글과 진술은 반드시 필요했다.

그러나 기훈은 진술서를 작성하지 않았다. 부도덕한 권력과 싸울 유일한 방법은 재판이란 것이 동료들과 내린 결론이었다. 지난 자진출두 과정까지의 모습만 보더라도 검찰에 협조하는 것은 섶을 지고 불에 뛰어드는 것과 같았다. 기훈은 진술서나 수사에 응하는 대신 묵비권으로 자신의 결백을 대신했다. 기훈은 이미 타락해버린 공안권력 앞에서 더 밝힐 것이 없음을 깨닫고 재판에서 모든 것을 밝힐 것을 결심했다. 몇 시간이나 지났을까. 명동성당을 나온 뒤 10시간이 넘도록 기훈은 검찰의 실문에 응하지 않고 있었다.

아직까지 발톱을 본격적으로 드러내지 않은 검찰은 기훈이 말을 할 때까지 멍하니 조사실에 내버려 뒀다. 가만히 앉아 있는 일도 결코 쉬운 일은 아니었다. 아침부터 성명서를 발표하고 검찰에 오기까지 심적으로나 육체적으로 많은 피로가 누적된 기훈 이었다. 하지만 조금이고자 눈이 감긴다면 어김없이 수사관과 검찰이 번갈아 가며 들어오며 기훈을 깨워 제겼다. 진술서를 쓰지 않는다면 잠드는 것을 포함한 그 어떤 행동도 허락하지 않았다. 심지어 화장실이 가고 싶단 말도 못들은 척하며 허락하지 않았다. 그들은 법이 정한 조사의 방침 아래 기훈을 끊임없이 괴롭히고 있었다. 으름장을 놓기도 하고 회유도 해 봤지만 기훈은 꿈쩍도 하지 않았다.

책상 하나를 두고 기훈과 검찰의 본격적인 줄다리기를 시작했다.

성명 김기훈. 위 사람에 대한 자살방조 피의사건에 관하여 1991. 6. 25. 서울지방검찰청에서 검사 신상훈은 검찰주사(보) 임근영을 참여하게 하고 피의자에 대하여 아래와 같이 심문한다.

검사 : 김기훈, 너는 1991년 5월 8일 서강대학교에서 분신자살한 박민혁을 알고 있지?

김기훈 : 제가 일하고 있는 전민련 사회부장으로 그날 뉴스를 듣고 분신 사망한 사실을 알았습니다.

검 : 박민혁의 자살사건과 관련해 자살방조혐의로 검찰의 소환요청을 받은 사실도 있지?

김 : 91년 5월 23일 누군가가 명동성당에 있는 저에게 소환장을 전달하여 주었는데 나오고 싶지 않아서 불응하였습니다.

검 : 1991년 5월 26일 서울형사지방법원으로부터 구속영장이 발부된 사실도 알고 있나?

김 : 그 무렵 방송이나 보도를 통하여 알고 있습니다.

검 : 그런데도 6월 24일까지 한 달 동안이나 명동성당에서 농성하며 은신하고 있었던 이유가 뭐야?

김 : 영장이 발부되었을 당시 일반 국민 중에 사건을 공정한 눈으로 바라보는 사람이 많지 않아 공정한 눈으로 바라보아줄 사람이 늘어나도록 노력하고 있었습니다.

검 : 뭐 공정? 동료를 죽인 놈이 놀고 있네. 6월 24일 성당에서 나서다가 검찰에 검거돼 여기로 압송되었는데, 넌 자진출두라고 주장하던데?

김 : 예. 그렇습니다.

검 : 죗값을 받기 위한 자진출두?

김 : 저는 저의 결백을 밝히기 위하여 자진 줄두하였습니다.

검 : 그러면 진상을 밝히면 될 것이지. 6월 24일 10시 20분경 서울지
방검찰청 구치감에 도착하여 소정의 절차를 마친 후 조사가 시
작된 오후 1시 30분부터 오랜 시간 동안 일체의 진술을 거부한
이유는 뭐야?

김 : 저는 저의 진실을 법정에서 밝히려고 작정하였기 때문이었습니다.

검 : 김기훈, 너 박민혁이 사망하기 전날인 5월 7일 밤 박민혁의 여
자 친구 홍혜민과 전화통화를 한 사실이 있지?

김 : 5월 7일 밤늦게 혜민이로부터 전화가 온 사실은 기억이 나는데,
자세한 내용은 기억이 나지 않습니다.

검 : 홍혜민의 진술에 의하면 그날 박민혁 아버지의 전화번호를 알
려주고, 박민혁에게 무슨 일이 있으면 연락하여 달라고 부탁하
였다고 했어. 그런데 바로 그 다음 날 니 동료 박민혁이 죽었으
니 피의자로서는 그것이 누구의 전화번호였고, 어떤 부탁이었는
지를 당연히 기억해야지?

김 : 저는 그런 기억이 나지 않습니다.

검 : 그날 통화할 때 너는 홍혜민에게 "혜민아. 혜민아. 미안하다. 미안하다. 미안하다"고 말하여 혹시 피의자가 박민혁이 다음날 죽으려는 것을 알고 있을까 하고 의아하게 생각하면서 박민혁에게 무슨 일이 생기면 연락해달라고 그 아버지의 전화번호를 피의자에게 알려주었다는데?

김 : 사실이 아닙니다.

검 : 박민혁이 사망한 후 5월 10일에 오후에 홍 양과 단둘이 만난 사실이 있지?

김 : 예. 그런 사실이 있습니다.

검 : 그날 봉쥬르 카페에서 홍혜민이 가지고 있던 전국민족민주운동연합 수첩 제일 뒷장에 피의자의 글씨로 박민혁의 이름, 전화번호, 팩스 번호를 적어 줬지?

김 : 없습니다.

검 : 홍혜민의 진술에 의하면 박민혁을 빨리 잊으라고 한 사람이, 박민혁 죽어버린 마당에 자신의 수첩에다가 박민혁의 이름과 전화번호를 써주는 것이 무슨 뜻인지 불쾌하게 생각하였으며 그후 피의자가 박민혁의 필적을 조작하기 위한 것이 아닌가 의심했다는데?

강 : 저는 그런 사실이 없습니다.

검 : 무슨 이유로 언제 어디서 박민혁의 유서를 대신 써주게 된 거야?

김 : 저는 유서를 대신 써준 사실이 없습니다.

김 : 국립과학수사연구소의 감정결과 피의사의 화학노트, 피의자의 진술서 등과 박민혁 명의의 유서 및 홍혜민이 제출한 메모지, 전민련업무일지, 전민련 수첩은 모두 동일필적으로 밝혀져 니가 박민혁 명의의 유서를 대필한 것으로 판단되는데 피의자는 왜 박민혁 명의의 유서를 대필했어?

김 : 저는 대필한 사실이 없습니다.

검 : 니가 검찰의 출석요구, 구속영장이 발부됐지만 성당에서 나오지 않고 이후 성당 측의 철수 요청에 못 이겨 경찰의 포위망을 벗어 날 수 없게 되자 사실상 경찰이 검거한 것과 마찬가지의 상태에서 자진 출두한다는 명목으로 검거된 것은 바로 니가 유서를 대필한 것이 틀림없음에도 처벌이 두려워 거짓말을 하고 있는 것으로 판단되는데?

김 : 그렇지 않습니다.

검 : 너는 사건 발생 후 5월 10일, 5월 12일, 5월 13일 등에 걸쳐 참고인 홍혜민과 신수연 등에게 수첩 존재의 묵비, 관련참고인인 신수연의 존재나 신수연과 박민혁의 관계 등에 대하여 위 참고인들에게 묵비 또는 허위진술을 지시한 것으로 보아 유서를 대필한 것이 틀림없지?

김 : 그렇지 않습니다.

검 : 그 밖에도 박민혁이 죽기 전날인 5월 7일 밤, 홍혜민과 전화통화 시 "혜민아. 혜민아. 미안하다. 미안하다."라고 말한 사실이나, 5월 12일 밤 박민혁의 장례 후 최철수가 "홍혜민을 노출시킨 것이 최대의 실수였다"고 말할 때 니가 "엎질러진 물이다"고 말한 사실에 비추어 고 박민혁의 죽음에 피의자가 깊이 관여하였고 유서를 대필해준 거잖아.

김 : 그렇지 않습니다.

검 : 더 할 말 없어?

김 : 저는 제 양심과 명예를 걸고 저는 결백합니다. 지금의 검찰은 제가 신뢰 할 수 있는 기관이 아닙니다.

검 : 너나 잘해.

1991년 6월 25일 진술자 김기훈, 서울지방검찰청 검사 신상훈

공식적인 1차 진술은 거기 까지였다. 검찰은 역시나 기훈을 범인으로 지목하고 수사의 방향을 맞추고 있었다. 애초 묵비권으로 재판까지 가려 했으나 진술서를 작성하면 고인의 필적자료와 지금까지 확보한 증거자료를 열람하게 해주겠다는 조건이 기훈의 심리적 저항선을

무너뜨렸다. 검찰의 논리에서 볼 때는 기훈보다 더 적합한 배후가 있을 수 없었다. 그런데 그 최적의 인물의 알리바이가 민혁과 만날 수도 없는 것이었으며, 본인 스스로도 대필에 대한 어떤 실마리를 주지 않고 있었다.

"뭐 특별한 점이 보입니까?"

신상훈 검사는 진술서를 꼼꼼하게 읽고 있는 수사관에게 슬쩍 물었다.

"글쎄요. 증거 자료들은 확실히 김기훈을 가리키고 있는데 본인이 저렇게 완강하니… 게다가 알리바이가 있단 말이죠."
"뭐 잡아떼는 거야 누구든 처음엔 그렇죠. 그 정도로 독한 놈이니까 동료를 분신시켰죠."

신상훈 검사는 톡 쏘는 말을 뱉고는 창문을 보고 검찰청 밖을 내다보았다. 분명 출두할 때까지만 해도 유죄로 구속시킬 100%의 확신이 있었다. 하지만 조사실에서 그가 한다는 말은 '법원에서 밝히겠다. 검찰이 공정하지 못하다'였다. 검사로서의 자존심도 구겨지고 체면도 상하는 말이었다. 어떻게든 범인은 존재해야 하고 그래야만 했다.

"강하게 나갑시다. 아무래도 그게 가장 빠를 것 같습니다."

신상훈 검사는 수사관에게 말하고 서울지검 강력부장에게 보고하러 자리를 옮겼다. 아직 기훈에게서 특이한 혐의점을 찾지 못했다는 보고에 강력부장은 노발대발했다. 법무부 실세인 김기석 장관이 직접 지시한 만큼, 수단과 방법을 가리지 말고 분신의 배후를 수사하라는 명령이 떨어졌다. 이후 검찰은 본격적으로 기훈의 주변 인물들을 불러 들여 조사하기 시작했다. 검찰은 이번 사건에서 연관성이 있을법한 인 물들을 모조리 불러서 협박과 회유로 진술을 강요했다. 특히 기훈과 민혁의 관계에 대해, 그리고 기훈이 배후로 있는 가능성에 대해서 노 골적으로 유도질문을 하며 진술을 몰고 갔다. 하지만 어디에서도 기훈 이 유서를 대필했다는 정황을 듣지 못했다. 신상훈 검사는 화가 치밀 었다. 정국은 분신정국으로 변했고, 정권 퇴진 시위대가 매일 집회와 데모를 하고 있는데 의자에 앉아 있는 기훈을 생각하니 속이 끓어 올 랐다. 독이 잔뜩 오른 신상훈 검사가 1102호 문을 차며 들어왔다.

"김기훈."
"네."

신 검사는 특유의 쏘는 듯한 말투로 기훈에게 시비 거는 투의 말을 던졌다.

"진술서에 빈칸은 뭐야! 진술을 거부하는 거야?"
"그날에는 무슨 일을 했는지 기억이 나지 않아서 적지 않았습니다."
"그래? 그럼 내가 기억나게 해줄게."

신 검사는 옆에 있는 서류철을 들고 모서리 부분으로 기훈의 머리를 세게 내려쳤다.

"어때? 머리가 쌩쌩 도는 것 같시 않아? 뭐 좀 기억나기 시작하지?"

악랄해지기로 마음먹은 신 검사 앞에서 기훈은 속수무책이었다.

"이래도 되는 겁니까?"
"지랄하네."

신 검사는 들고 있던 서류로 그대로 기훈의 뺨을 후려쳤다. 둘만 있는 1102호실에 짧은 마찰음과 함께 적막이 엄습했다.

"이 정도는 해야 검사지. 억울하면 고소해. 내가 말이야 조서 하나는 끝내주게 잘 쓰거든. 동료를 불태워버리는 너 같은 놈에게는 법도, 정의도 다 필요 없어. 개 같은 새끼. 동료를 불태우고. 아주 새빨개 너희 운동권 새끼들은 뼛속까지 빨개!"

신상훈 검사는 서류로 계속해서 기훈의 머리를 후려치며 그를 자극했다. 기훈은 목 끝까지 욕설과 분노가 차올랐지만 끝까지 참았다. 의자에 앉아 있었지만 손은 의자 뒤쪽으로 묶여 있었다.

"묻는 말에 순순히 대답하고, 수사에 적극 협조하면 너도 편하고 나도 편한 거야. 선택은 네 몫이다. 왜 검찰에 이런 말이 있지! 어렵게 가느냐 쉽게 가느냐 그것이 문제로다!"

기훈의 얼굴 앞까지 바짝 들이민 검사의 얼굴로 비열한 웃음이 번졌다.

"자 다시! 보통 몇 시에 출근하여 몇 시에 퇴근하지? 거기서 네가 맡은 업무는 뭐냐?"
"…"
"어렵게 가는 길을 택하는 거야?"
"…"
"좋아. 나도 어려운 남자거든 누가 이기나 한번 해 보자."

신 검사는 자리에서 일어나 서류를 챙겨 들고 문밖으로 나가버렸다. 그리고는 수사관들에게 잠도 재우지 말고, 화장실도 보내지 말고 딱 앉아만 있게 만들라고 외쳤다. 검사가 나가자 문밖에 서 있던 긴 침묵이 걸어와 책상 앞에 마주 앉았다. 기훈은 홀로 남겨졌다.

기훈의 체력은 극도로 약해져만 갔다. 지난 며칠간 제대로 된 잠을 잔 시간도 없었다. 잠깐이나마 피곤해 쪽잠을 자면 이내 깨워서 진술을 해야 했고 자술서를 써야 했다. 그동안 그가 쓴 자술서만 해도 16장이 넘었다. 빽빽하게 쓴 글을 감안하면 A4용지 20장이 넘는 양이었다. 진술서를 쓸 때면 손가락이 아프고 어깨까지 후들거렸다. 하지만 검찰은 문제 될 게 없다는 듯 계속해서 자술서 작성과 진술을 감행시켰다.

했던 질문, 했던 대답을 반복하는 심문이 계속되었다. 아무것도 하
시 못하게 의자에 앉혀만 놓기도 했다. 졸거나 고개를 숙이면 여지없
이 서류로 머리를 갈기고 의자를 발로 찼다. 조금이나마 진술이 틀리
거나 달라지면 꼬투리를 잡고 물고 늘어졌다. 의식이 몽롱해져 가는
가운데 기훈의 판단력은 극도로 희미해져만 갔다. 의자에 앉아 손을
뒤로하고 수갑을 찬 채 심문을 당하는 순간에는 끝없는 모멸감과 수
치심을 느껴야만 했다. 정말이지 지옥 같은 시간이었다.

세상은 쌍팔년도 고문 강압 수사가 없어졌다고 말하지만 이곳은 치
외법권 지역이었다. 오로지 검찰은 자신들의 원하는 진술을 기훈의 입
에서 그의 목소리로 내뱉기를 원했다. 서류철 모서리로 기훈의 머리를
톡톡 치며 양 뺨을 후려갈기는 방식은 가장 치욕스럽고 모멸스럽게 기
훈의 자존심을 뭉갰다. 천만다행인 것은 이곳이 남영동 대공분실이 아
니라는 점이었다. 김근태, 박종철 선배들이 물고문과 전기고문, 각종
육체적 고문을 당했던 그곳에 비하면 이곳은 천국이라는 점이 기훈을
나지막이 위로할 뿐이었다.

하지만 결국 기훈을 무너트리는 것은 자신에 대한 수치와 모멸감이
아니었다. 자신에게 오는 모든 비아냥거림과 굴욕은 참을 수 있었다.
하지만 그의 가족과 지인을 모두 볼모로 삼으며 '죄다 조사해서 잡아
처넣어버릴 것이다'란 말에 기훈의 의지는 무너져 내려갔다. '나는 배

운 게 없어서 욕을 잘한다.'라는 검사의 말. 짐승같이 물고 늘어지는 이들이 정말 공정사회를 외치는 검찰이 맞는지 되묻고 싶었다. 그뿐만이 아니었다. 처음 기훈이 보인 묵비권 행사에 검찰은 변호인 접견 불허로 응수했다. 민주주의 사회에서 묵비권을 행사할 권리가 있고, 변호사를 만날 권리가 있지만 기훈은 예외였다. 검찰에게 김기훈이란 인물은 분신의 배후이고, 현 정국을 타도할 유일한 조커였다.

철저하게 기훈만의 시간이었고, 그만의 싸움이었다. 바깥소식을 전혀 알 수 없는 기훈은 판이 어떻게 돌아가는지 알 수 없었다. 그사이 검찰은 명동성당에서 농성하던 사람들을 추가로 잡아들이고 구속영장을 신청했다. 한술 더 떠 '동료들이 다 불었다. 네가 범인인 것을 인정했다'며 기훈에게 거짓 심리전술까지 펼쳤다.

분명히 자신이 유서를 쓰지도, 분신을 의도하지도 않았는데 검찰청의 시나리오만 강조하다 보니 기훈도 이제 무엇이 사실인지도 구분이 가지 않았다. 자신과 너무 다른 혜민의 진술이 기훈을 벼랑 끝에 세웠고, 필적감정이란 화살이 기훈을 향해 계속해서 쏟아졌다. 그 고통 속에 검찰은 배후를 찾는 울부짖음과, '다른 사람이 배후면 넌 무죄야.'라고 말하는 사탕발림을 함께했다. 기훈은 자신이 범인은 아니지만 왜 죄수의 딜레마가 발생하는지 알 것 같기도 했다. 그렇게 기훈은 자신도 모르게 검찰의 전략에 빠져들고 있었다.

기훈은 검찰이 왜 배후에 목을 매는지 이해할 수 없었다. 이 판국에 정권을 믿고 따르는 사람이 이상한 게 아닌가? 몇 번의 심문이 이루어진 뒤 기훈은 정말 필체가 동일한지, 유서가 대필됐는지 한 번 더 확인하고 싶어졌다.

"박민혁이 남긴 유서와 썼다는 책표지, 주민등록증분실신고서, 편지들과 전민련에서 제출한 업무일지, 수첩 등을 다시 한 번 보여 주실 수 있습니까?"

"내가 왜 그래야 되지? 넌 수사에 협조도 하지 않잖아?"

기훈을 조사하는 신 검사는 퉁명스러운 태도로 대답했다.

"확실히 글씨가 어떤지 확인하고 싶어서입니다."

"보여주면 넌 뭘 해줄 것인데??"

"있는 그대로 진술하겠습니다."

"그럼 지금은 없는 그대로 진술한 거야?"

"…"

"들고 와!"

안에 있는 검사가 유리창 밖으로 손짓을 하자 다른 수사관 한 명이 해당 자료를 들고 들어왔다. 수사관은 기훈의 눈앞에 박민혁의 유서와 책표지, 주민등록증분실신고서, 이력서, 카드와 봉투, 편지와 봉투 등을 제시하고 계속하여 업무일지와 전민련 수첩, 홍혜민이 제출한 메모 등을 보여주었다.

"실컷 보고, '내가 범인 맞습니다'고 말해줘 총무부장님."

신 검사는 비아냥거림이 섞인 목소리로 짧게 말했다. 기훈은 한장 한장 차분하게 글을 살폈다. 흔히 날려 쓰는 글씨와 정자체로 쓴 글씨가 다르다는 말인데, 어느 누구나 두 글씨는 다른 게 아닌가? 그걸 두고 자신의 글씨와 같다니 자료를 볼수록 어이가 없었다. 하지만, 검찰이 그토록 배후를 지목하니 자신이 아니란 것만 밝힐 수 있다면, 그것만 밝히자는 차선책이 기훈의 머릿속에 점점 자리 잡고 있었다.

"자! 여기 봐."

수사관은 증거자료로 가지고 있던 전민련 수첩을 펼쳐 보였다. 그것은 혜민이 가지고 있다가 전민련 측에 넘겼고, 다시 검찰의 증거자료로 채택된 수첩이었다.

"우선 첫째로 전화번호를 기재하는 곳이 본래 4매이었는데 제일 첫 번째 1매가 없고, 그다음의 3매만 남아 있는 게 네 눈에도 보이지?"
"…."
"아니 그냥 사실 그대로 보이는 대로 말해봐. 수사를 떠나서."
"네."
"그럼 3매의 절취선 부분과 수첩의 해당 부분에 남아 있는 쪼가리의 절취선이 일치하지 않고 오히려 서로 겹치는 부분도 보이지?"
"네."

"그렇다면 그곳에 꽂혀 있는 전화번호 기재 부분 3매는 이 수첩에서 찢어진 것이 아니라 다른 전민련 수첩에서 찢어다가 끼어 놓은 것이 되겠네?"

"절취선이 일치하지 않나면 그럴 가능성이 있겠죠."

수사관은 있는 사실로 진술을 풀어간다는 핑계로 기훈을 잡을 덫을 치고 있었다.

"자, 그렇다면 이 수첩은 조작된 것이 틀림없는데, 조작된 수첩에 쓰여 있는 글씨는 죽은 박민혁의 글씨가 아닐 수밖에 없겠지?"

"그래도 전 수첩의 글씨가 박민혁의 글씨라고 생각합니다."

"이 친구 참…."

수사관은 다 잡은 먹이를 놓쳤다는 듯 허탈한 표정을 지어 보였다.

"만약 이 수첩의 글씨가 박민혁의 글씨라면 그대로 제출하면 될 일이지 왜 수첩을 찢고 맞지도 않은 상태로 제출 했겠어?"

"절취선이 일치하지 않는 등 수첩에 이상이 있는 것은 맞지만, 그 이유는 저도 정확히 모르겠습니다. 그럼에도 불구하고 수첩의 글씨는 박민혁의 글씨가 맞다고 봅니다."

"너는 왜 수첩이 조작된 사실을 인정하면서도 글씨에 대해서는 부정하는 거야!"

수사관은 목소리가 일순간 높아졌다. 방금 전 대화 분위기도 순간 굳어졌다.

"그것이 조작이라고 단정 지을 수 없기 때문입니다."
"자 그럼 이걸 봐봐."

수사관은 전민련 수첩 위로 또 다른 필적 자료인 전민련 업무일지를 꺼내 들었다.

"여기 전민련 사회국 업무일지 글씨와 수첩의 글씨가 비슷하지?"
"네. 비슷하게 보입니다."
"이 업무일지는 1991년 5월 8일 우리가 전민련의 인권위원장 민준호에게 박민혁의 글씨가 있으면 제출하여 달라고 요청한 후 받은 거야. 5월 11일 점심때 박민혁의 사체에 대한 변사처리를 하면서 넘겨받은 것인데, 본래 전민련 사무실에 있었던 것이지?"
"네. 저도 박민혁의 글씨를 찾는다는 말을 들었고, 그가 쓴 업무일지를 검찰에 제출하였다는 말은 들었습니다."

기훈은 본인도 알고 있는 사실관계를 확인하는 질문이라 별생각 없이 대답했다. 하지만 검찰은 기훈이 물 미끼를 계속해서 던지고 있는 상황이었다.

"음, 그럼 너는 당시 글씨의 제출을 요구받은 5월 8일 저녁부터 업무일지를 제출한 5월 11일 낮 시간 사이에 종로5가에 있는 전민련 사무실에서 일하고 있었겠네?"

"네. 5월 8일 오후에 분향하기 위하여 연세대에 잠깐 다녀온 것 이외에는 전민련 사무실에 줄 곧 있었습니다."

수사관의 얼굴에 다시 미소가 번지기 시작했다.

"그러면 5월 9일, 10일 혹은 11일 오전에 누가 전민련 사무실에서 그업무일지에 손을 댔고, 그곳에 박민혁의 글씨 대신 유서와 같은 글씨로 적어 넣었는지 알고 있겠네?"

"업무일지를 연세대로 가져간 사람은 전민련 사무실에서 내근을 하던 김철수나 김민진 둘 중의 한사람인데, 그 업무일지가 새로 작성되었는지 또 누구의 글씨인지에 대해선 아는 게 없습니다."

기훈은 낌새가 이상한 것을 느꼈지만 모른 척하고 계속 대답했다.

"위조 장면을 목격 못했어도 이 글씨가 누구의 글씨인지 알고 있지?"
"저는 그 글씨가 죽은 박민혁의 글씨라고 생각합니다."
"평소 박민혁이 업무일지를 작성하는 것을 본 적이 있어?"
"제가 직접 박민혁이 업무일지를 작성한 것을 본 사실은 없습니다. 다만 그가 죽은 후 실무자로부터 평소 박민혁이 쓰던 업무일지를 검찰에 제출하였다는 말만 들었습니다."

"봐! 너 또 아까랑 똑같은 장난이잖아. 전민련에서 수첩이 조작되었다는 사실을 인정하면서도 글씨와 유서, 업무일지의 글씨가 모두 박민혁의 글씨라고 주장하잖아. 결국 박민혁의 글씨는 두 가지이고, 수첩의 글씨도 박민혁의 글씨이고 조작할 필요성도 없고, 따라서 수첩은 전민련으로부터 제출받은 후 검찰이 조작하였다고 하는 결론에 이르게 되는데, 그럼 너는 이 수첩을 우리가 조작했다는 거야?"

"검찰에서 수첩을 조작했다는 말은 아닙니다."

"그러면 누가 조작하였다는 말이야."

"저도 알 수가 없죠."

"말이 안 통하는 꼴통이구만."

끝없는 질문과 회유에도 기훈은 꿈쩍하지도 않았다. 신 검사는 제 풀에 분을 못 이겨 조사실을 나갔다.

'왜 저 녀석은 저렇게 고집을 피울까…'

신 검사는 자신의 사무실로 가는 동안 계속해서 생각했다. 사무실에 도착한 신 검사는 다시 한 번 업무일지를 한 자 한 자 자세히 살피기 시작했다. 이내 문언가가 신 검사의 머리를 내리쳤다. 그는 업무일지를 작성한 사람이 민혁과 기훈 외 한 명이 더 있다는 사실을 깨달았다. 분명 그곳에 새로운 글씨체가 있었다. 분명 글씨체는 세 가지 종류였다. 그리고 곧바로 업무일지를 함께 쓴 새로운 인물의 행방을 추적하기 시작했다.

봄에서 여름으로 후덥지근한 날씨가 계속되고 습하고 더운 바람이 가득했다. 그나마 이 방에는 에어컨이 있었기에 무더위를 피할 수 있었다. 기훈은 지난 수차례의 조사를 거듭하면서 검찰의 의도대로 심리적 변화를 겪고 있는 상태였다. 검찰청에 끌려온 지 며칠이 지난 지금, 이제 기훈의 목표는 더 이상 공정한 수사와 유서를 쓰지 않았다가 아니었다. 오직 하루빨리 이곳을 벗어나는 것이 그의 유일한 희망이자 목표로 변해가고 있었다.

여느 때처럼 점심시간 후 졸음이 밀려왔다. 손은 묶여 있었지만 지친 몸은 휴식을 간절히 원하는 터였다. 기훈은 걸상 자리에 앉아 잠깐 눈을 감고 있었다. 그때 신상훈 검사가 들어왔다. 신 검사는 서류 더미를 책상 위에 던져 놓으며 입을 열었다.

기훈은 잠시 들었던 잠이 깼다.

"팔자 좋네."
"일어나! 일어나!! 지금 한가롭게 낮잠이나 잘 때야?"

수사 과정에서 제대로 된 숙면을 보장받지 못했기에 기훈이 졸린다는 것을 신상훈 검사도 알고 있었지만 얄밉도록 이용했다.

"이봐라 이거. 이제 보니 네놈 짓이 아니고 요놈 짓이었어."

"…"

갑작스런 검사의 말에 기훈은 아무 말도 하지 않았다. 이래놓고 또 자신을 범인으로 몰아갈 하나의 방법 정도라 생각했기에 가만히 듣고만 있었다.

"임문환이라고 알지?"
"…"

기훈은 그래도 입을 닫고 있었다.

"아무래도 그 녀석이 유서를 대필한 것 같다. 같이 쓴 전민련 수첩을 봐도 글씨가 유사하잖아?"

어제만 해도 온갖 욕설과 폭언을 일삼던 그가 또다시 나긋나긋하게 나오자 기훈은 치가 떨렸다. 부도덕한 집단에 더 이상 미련이 없는 기훈이었다. 그런데 몽롱한 정신 속에서 자신이 범인이 아니란 말에 한편으로는 안도감이 차올랐다.

"저는 잘 모르겠습니다."

오랜 침묵 끝에 기훈이 던진 첫마디였다.

"당연히 너는 모르지, 이놈이 사주한 거니까."

검사는 기훈의 말이 맞는다는 듯이 맞장구를 쳤다.

"우리가 쭉 조사해보니 이놈이 확실해. 필적도 같고."

신 검사는 확신에 찬 듯 말을 이어갔다.

"넌 절대 아니라며 그치? 너도 의심 가는 부분이 한두 가지가 아니
잖아."
"그런 제가 아니란 차원에서 의심이지…."
"그게 그거지."

신 검사는 기훈의 말을 딱 자르며 선을 그었다.

"우리가 보기엔 이놈이 확실해. 이놈이 그랬던 거야. 이걸 모르고 너
를 이렇게 잡아두고 있었으니…."
"문환이에 대해 아는 것 없어? 빨리 이놈을 잡아야 우리가 쉽게 갈
수 있어."
"문환이가 그랬을 것 같지는 않은데요…."
"네가 그걸 어떻게 알아? 넌 억울하지도 않냐? 다른 놈 때문에 여기
처박혀서 우리한테 이런 개지랄을 당하고 있는데?"

갑자기 자기가 아닌 다른 진범이 있다는 이야기에 기훈의 가슴이 울컥했다. 그 사람이 존재한다면 검찰의 말대로 무엇 때문에 자신이 단두대에 올라서야 했던 것인지, 양팔을 묶인 채 채찍질을 당해야 하는 것인지 분노가 차오르기 시작했다.

"기훈아, 우리도 너한테 악감정이 있어서 그러는 게 아니야. 알잖아? 지금 위에선 분신의 배후를 잡아오라고 난리를 치는데, 우린들 뭐 있니? 누군가는 나와야 돼. 네가 봐도 글씨가 다르잖아."

신상훈 검사는 친근하게 기훈의 이름을 부르며 감정에 호소하는 말을 내뱉기 시작했다.

"끝까지 네가 모른다고 하면 어쩔 수 없지. 하지만 다른 사람이 없이 지금까지 정황으로 보면 네가 유죄일 확률은 백 퍼센트야. 진술과 필적감정이 너로 나왔거든."

신 검사는 다시금 기훈이 처한 상황을 꼬집어 설명했다. 절대적으로 불리한 기훈의 처지를 다시금 일깨워 진술을 유도할 속셈이었다.

"뭐 우리는 너를 구속할 수밖에 없어. 그와 함께 너의 가족들도 한번씩 쭉 털어보겠지. 이왕이면 네 주변을 다 털면 더 사람들이 믿지 않겠어? 털어서 먼지 안 나오는 사람이 있을 것 같니? 그런 사람은 없다는 거 알지? 뭐, 네 여자 친구 수연이도 백 퍼센트 구속이지. 너와 함께 사주했다고 하면 되거든. 혜민이를 연결시켜 줬으니까."

검찰은 달콤하게 포장한 독잔을 가득 채워 기훈이 들이키기만을 기다리고 있었다. 평소의 기훈이라면 절대 ⊥ 산을 마실 리가 없었다. 하지만 지금은 기훈이 정상적인 판단을 할 수 있는 상황이 아니었다. 극심한 수면부족과 괴롭힘은 정신력으로 버틸 수 있다고 하나 자신의 가족을 가지고 협박하는 소리를 당해낼 재간이 없었다. 아버지와 어머니, 그리고 동생들, 자신의 여자 친구 수연까지 처벌할 수 있다는 공포와 불안 앞에서 그의 의지는, 거센 파도 앞에 선 의지는 모래성과 같았다.

"저는 절대 아니지만, 만약 업무일지가 조작되고 유서가 대필됐다면, 누군가가 했을 수도 있겠죠."
"그래 맞아! 누군가가 했지. 우리는 그게 문환이라는 거야. 잘 알고 있네."

마침내 기훈의 입에서 제삼자의 가능성에 대한 발언이 터져 나왔다. 분명 유서는 박민혁이 쓴 것이지 확실하만, 검찰이 끝까지 누군가를 찾아 희생양으로 삼겠다면, 나는 결백하고 깨끗하기에 뱉어버린 말이었다.

검사는 웃으면서 기훈의 등을 가볍게 쓰다듬고 조사실 밖으로 나갔다. 기훈은 기분이 이상했다. 거짓말은 한 것은 아니지만 거짓말을 한 것 같은 기분이 들었다. 뭔가 찜찜함이 입안을 맴돌았다. 그런데 그와 함께 기훈의 마음속에 나도 저 문밖으로 웃으며 나갈 수 있을 것 같다는 희망이 보이는 것 같았다.

기훈의 심신은 지칠 대로 지쳐갔다. 정신은 검찰에 의해 자신의 의도와 다른 허위진술을 하게 변해 있었다. 검사와 수사관도 단번에 기훈의 상태를 눈치챌 수 있었다. 처음 서울지방검찰청으로 들어올 때 당당함은 더 이상 남아 있지 않았다. 이 기회를 놓칠 신상훈 검사가 아니었다.

그렇게 기훈을 수사하는 사이 검찰은 기훈의 여자 친구 수연도 강제 연행해 조사했다. 수연은 기훈을 면회하기 위해 검찰청에 갔다가 머리채를 잡힌 채 연행됐다. 수연 역시 앞선 사람이 당했던 것처럼 허위진술을 하도록 강요받았다. 국무총리가 김수환 추기경을 만나 이 사건에 대해서 공정한 수사를 하겠다고 발표한 바 있고, 검찰총장이 대한변호사협회 회장을 만난 자리에서 공정한 수사를 약속한 바 있지만 그건 검찰청 밖 다른 나라 이야기였다.

"지난번 조사를 받을 때 수첩의 전화번호 기재 부분 세 매가 그것이 끼워져 있고 절취선이 일치하지 않는 등 본래 수첩에서 나온 종이가 아니란 것을 너도 인정했지?"
"네."
"그렇다면 전민련 측에 12일간을 보관하고 있다가 뒤늦게 박민혁의 수첩이라며 우리에게 제출한 문제의 전민련 수첩은 최소한 두 개 이상의 수첩을 결합하여 만든 것이겠네?"

"네. 물리적으로나 논리적으로나 두 개 이상의 수첩이 사용된 것이라고 생각합니다."

기존에 자신이 알지 못하는 사안에 대해서 모르겠다는 입장을 취했던 기훈이 이제는 다른 말을 하고 있었다.

"다시 글씨를 봐봐. 어때, 똑같지 않아?"

"제가 눈으로 보기에도 두 가지 글씨는 한 사람의 글씨라고 생각합니다."

"그러면 뒤에 작성된 세 장은 이미 죽어버린 박민혁의 글씨가 아니겠지?"

신 검사는 기훈을 향해 유도신문을 계속해 나갔다. 이미 완벽하게 방어기제가 무너진 그에게 식은 죽 먹기만큼 쉬운 작업이었다.

"이제 곰곰이 생각해보니 논리적으로 이건 수첩이 조작되었고, 그 글씨는 박민혁의 글씨가 아니라고 생각됩니다."

"그러면 왜 전민련 측이 전민련 수첩의 글씨를 유서의 글씨체로 조작했을까? 왜?"

"그건 아마 유서가 대필된 사실을 감추기 위해서라고 생각됩니다."

기훈은 이미 유서대필을 인정하고 있는 취지의 발언을 하고 있었다.

"아니, 너는 지금까지 박민혁의 글씨는 두 가지이며 유서, 전민련 수첩, 전민련 일지 모두 박민혁의 글씨라고 주장하여 왔잖아. 그런데 왜 갑자기 박민혁의 글씨가 아니라고 하는 거야?"

"제가 처음에 검찰에 출두할 때는 유서는 박민혁이 썼고 또 수집된 자료들에 의하여 박민혁의 글씨가 정자체와 속필체 두 가지라고 생각을 하고 있었습니다. 그런데 검찰에서 그동안 조사를 받으면서 유서, 업무일지, 전민련이 제출한 수첩의 원본들과 또 박민혁의 글씨라며 검찰에서 제시하는 소위 정자체인 글씨들의 원본, 각종 감정 사진 등을 직접 제 눈으로 보고 또 설명도 들어보니 위 자료들 중에서도 수첩이 조작된 것이 명백했습니다. 따라서 수첩의 글씨와 같은 유서도 박민혁의 글씨가 아니라는 사실을 알게 되었습니다. 논리적으로 유서를 박민혁이 썼다거나, 또는 박민혁의 글씨가 두 가지라는 처음의 제 생각이 설득력이 없고 논리에도 맞지 않기 때문입니다."

기훈은 자신이 무슨 말을 하는지도 정확하게 알지 못하는 반수면 상태에서 말을 했다. 신 검사는 신이 났다. 질질 끌어오던 일이 단숨에 끝나가는 듯했다. 검찰 측에서 보기에도 기훈이 범인이기엔 한계가 너무나 많았다. 먼저 기훈의 범행 사실을 밝히지 못했다는 점이 가장 컸다. 범행을 했던 시간과 장소 그리고 과정이 전혀 없기 때문이었다. 단지 범인으로 추측하는 것은 유서에 남겨진 글씨뿐인데, 언제 어디서 만나 유서를 쓴 것인지 알 길이 없었다. 그러기에 기훈의 진술을 바탕으로 새롭게 떠오르는 제삼자가 확실하다고 생각하고 있었다. 배후도 없는 분신에 배후를 만든 일종의 자기최면에 걸린 상태로 검찰은 논리를 찾아가고 있었던 것이다. 그런데 그 논리에 부합하든 기훈이 진술하고 있었다.

"그런데 말이야, 필석삼성에서 네 글씨와 비슷하다고 나왔단 말이지… 네가 쓴 것은 아니야?"

"사실 제가 보기에도 몇 가지 글씨는 똑같다고 인정할 수밖에 없지만, 제가 유서를 써주거나 업무일지와 수첩을 저의 글씨로 조작한 일이 없기 때문에 유서의 글씨와 저의 글씨가 같다는 감정결과를 믿을 수 없습니다."

"그러면 지금 너는 박민혁의 유서가 대필된 사실을 인정하고 있으면서 본인은 대필자가 아니라 하는데, 도대체 누가 유서의 대필자야?"

"박민혁의 유서가 대필된 것은 분명하다고 생각하지만 제가 대필한 것이 아니므로, 누가 유서를 대필하였는지는 모르겠습니다."

"더 할 말 있어?"

"제가 유서를 대필하지 않았다는 것은 저의 양심을 걸고 맹세할 수 있습니다. 지금 보니 누군가에 의해서 유서가 대필된 것이 분명한 이상 유서대필자를 가려내고 진실을 명확히 규명하여야 한다고 생각합니다."

"오케이. 거기까지."

검찰이 의도한 시나리오대로 완벽하게 기훈이 따라왔다. 심적 변화와 유서가 대필됐다는 발언, 이 두 가지면 충분했다. 기훈은 자신이 무너져 내려간 사실도 몰랐다. 가족을 협박하는 것에 무너진 기훈은 긴 고통의 터널이 보이는 것 같아서 검찰이 유도하는 대로 진술을 해버리고 있었다. 기훈은 지금의 이 진술이 기나긴 법정공방에서 끝까지 자신을 괴롭히게 될 진술일 것이라고까지는 생각하지 못했다. 자신은 무죄이기 때문에 여기서 조만간 나갈 것이라 예상하고 있었다.

반대로 검찰은 축제 분위기였다. 대쪽같이 완강하던 김기훈 전민련 총무부장을 무너뜨린 것에 대한 환희와 범인의 윤곽이 드러났다는 사실에 기뻐했다. 아직 임문환은 잡히지 않았지만 김기훈이 진술을 번복한 것은 검찰에겐 큰 이득이었다. 임문환이 범인이더라도 상관이 없었다. 그들은 아무나 배후를 잡아내기만 하면 되는 게임이었다. 문환의 소재지는 이미 파악한 상태였기 때문에 불러들이기만 하면 됐다.

1991년 7월 4일
총 13차례에 걸친 감정 의뢰의 마지막 회신이 국립과학수사연구소로부터 왔다. 필적감정에 대한 5번째 회신이었다.

'유서의 필체와 김기훈의 필체가 동일'

계절은 한여름 7월로 접어들었다. 5월에 시작된 유서대필 사건 수사도 거의 막바지에 이르고 있었다. 그런데, 갑자기 새로운 소식이 검찰청을 흔들었다. 계속해서 찾아다니던 임문환이 검찰에 연행돼 서울지방검찰청으로 끌려온 것이다. 그의 전민련 직책은 사회국 부장이자 대책회의 부대변인으로 대필과 분신의 배후로 의심해 보기에 충분했다.

"지금부터 내가 하는 말 잘 들어 개새끼야. 두 번 말하진 않겠어. 이미 우리는 모든 정황과 증거를 가지고 너를 잡아온 거니까 빠져나갈 생각하지 말고 사실대로 말하는 게 좋을 것이야."

신 검사는 목소리를 깊게 깔고 천천히 문환의 얼굴에 공포를 쏟아냈다.

"아무런 죄도 없다고 착각할 수 있을까 해서 하는 말인데, 네 글씨가 업무일지에 나왔으니까 범인으론 충분하니까 딴생각은 하지 말고."
"저는 그런 적이…"

문환은 억울한 마음에 입을 열었다.

"이런 개새끼가, 내가 언제 지금 말하라고 했어!"

그림자 남자는 서류로 있는 힘껏 문환의 머리를 내리쳤다. 문환에게도 고난의 시간이 다가옴을 알리는 신호였다. 그리고 곧바로 잠을 재우지 않고 문환을 조사했다. 조금이라도 분위기가 풀리면 폭행과 폭언을 동원해 원하는 방향으로 이끌었다. 검찰은 임문환의 허벅지와 뺨을 때리고 기훈에게 했던 방법으로 식으로 서류 모퉁이로 머리를 찍어 내렸다.

"먼저, 너 이 개새끼 우리가 그동안 찾는 거 알면서 어디서 뭐 하며 짱박혀 있었어? 너 박민혁, 김기훈 알지?"

"네."

"어떻게 알게 됐는지 말해."

"저… 그게."

"아직도 싸제인이라 생각해? 네 집 안방이야? 여긴 검찰청 안이야 새끼야. 넌 범죄자고."

남자의 말끝과 동시에 서류철이 문환의 얼굴을 강타했다. 문환도 계속해서 묵비권을 행사하다간 버텨낼 수 없다는 판단이 들었다.

"박민혁은 1990년 말 전민련에 들어와서 알게 됐습니다. 처음에는 총무국에서 수습으로 일하다가 1991년 3월 하순부터 저와 같은 사회국 소속이 되어 같이 일하고 있습니다, 김기훈은 저보다 조금 후인 1989년 5월에서 6월경에 전민련에 들어와 현재 총무국의 부장으로 있어서 알고 있습니다."

앞서 몇 차례 손찌검한 것은 문환을 긴장시키기에 충분했다. 문환은 앞에 앉은 사람이 묻는 데로 하나씩 대답해 나갔다.

"사무실에서 사회국 업무일지가 작성되어 온 거 알지?"

"사회국에서 꼭 작성해야 하는 공식적인 업무일지는 아니지만 1991년도부터 같은 사회국 부장인 박민혁이 업무일지를 작성해 왔습니다."

"박민혁이 쓰는 거 봤어?"

"자세히 보지는 못했지만 금년 3~4월경에 사회국 업무일지를 한두 번 본 적이 있습니다."

검찰은 증거자료로 제출받았던 사회국 업무일지를 문환에게 보여주며 질문을 이어갔다.

"이것이 네가 봤다는 업무일지 맞아?"

"네. 맞습니다."

"너도 이 업무일지를 쓴 적이 있나?"

"사회국 업무일지는 공식적인 장부가 아니고 박민혁이 편의상 만들어 기재하여 왔기 때문에 민혁이 주로 작성했습니다. 제가 사회국 업무일지를 기록했던 기억은 거의 없습니다."

문환은 자신이 쓴 업무일지에 대한 기억이 가물가물했다.

"그럼 여기 둘째 장, 파란 볼펜 글씨로 쓰인 『4.19 4월 혁명 기념대회 준비』는 누가 쓴 거야?"

"그 글씨는 제가 보기에 저의 글씨체로 보이기는 하나 제가 기재한 것인지, 언제 왜 기재한 것인지 기억이 나지 않습니다."

"거봐. 개새끼 거짓말 쳐 하고 있지. 계속 그런 식으로 해봐."

문환의 진술이 오락가락하자 거침없이 욕설을 퍼부었다.

"첫째 장과 둘째 장, 셋째 장에 연필로 기재된 글씨는 누구 글씨야?"

"첫째 장의 연필 글씨는 전민련 사회국 부장으로 일하다가 금년 3월 경 국민연합에 파견된 이동훈의 글씨처럼 보이고, 둘째 장과 셋째 장의 연필 글씨는 박민혁의 글씨로 보입니다."

문환은 글씨를 들여다보며 어렴풋한 기억으로 대답을 했다.

"넌 이게 왜 박민혁의 글씨라 말하는 것이지?"

"평소 사회국 업무일지를 박민혁이 작성하여 왔기 때문에 박민혁의 글씨일 것으로 생각돼서입니다."

"유서에 대해 아는 것 있어?"

"없습니다."

생각보다 문환의 입에서 나오는 새로울 만한 정황이 없었다. 게다가 임문환이 주장하는 알리바이가 주변 정황과 정확하게 맞아 떨어졌다. 신 검사는 큰 대어라고 낚은 물고기가 피라미도 안 되자 실망이 역력했다. 난감한 상황이었다. 기훈에게 더 이상 증거가 나올 것이 없음을 알고 지목한 용의자였기에 올인 했지만 나오는 게 없었다. 그리고 필적 감정이 기훈만을 가리키고 있었다.

'임문환이 아니라면… 역시 김기훈인가?'

그렇다고 문환을 그냥 보내진 않았다. 쌍끌이 털기 끝에 문환에게서 집시법 위반 혐의를 찾아냈다. 신 검사는 임문환을 구속 기소하고 윗선에 임문환은 이번 사건과 연관 없음으로 보고했다.

이제 더 이상의 용의자도 시간도 없었다. 남은 건 오직 기훈뿐이었다. 검찰은 그래도 확실한 증거는 필적자료로 밀어붙이기로 했다. 또한 혜민의 진술이 있었기에 그것으로도 충분했다. 검찰은 김기훈에게 마지막 남은 수사력을 집중하는 방향으로 초점을 모았다.

그리고 회심의 카드를 기훈 앞에 꺼내 들었다.

검찰은 신변보호신청을 한 뒤 두 달이 넘을 동안 세간에 얼굴조차 보이지 않았던 혜민을 참고인으로 김기훈과 대면시킬 계획을 준비하고 있었다. 아직 그 사실을 모르고 있는 기훈은 지난 조사에서 자신이 아닐 수도 있다는 뉘앙스를 검찰이 비쳤기 때문에 곧 풀려날 수 있을 것이라 생각하고 있었다.

"김기훈 너 정말 이런 식으로 나온다 이거지…"
"지난번이랑 말씀이 다르지 않습니까? 저는 유서를 대필한 적이 없습니다."
"지난번? 너 뭔가 착각하는 것 아니야? 너는 박민혁을 죽음으로 이끈 유력한 용의자야."

"전 그런…."

"닥쳐 새끼야! 불쌍해서 좀 잘해주니 그새 기가 살았네."

책상 옆 큰 유리창엔 기훈과 신 검사가 비춰지고 있었다. 신 검사는 자신에게 손짓하듯 유리창에 들어오라는 손짓을 했다. 그러자 갑자기 밖에서 언론에서 일절 자취를 감췄던 홍혜민이 조사실로 들어왔다. 검찰은 마지막 카드로 기훈과 대질신문을 해 쐐기를 박기 위해 홍혜민을 대기시키고 있었던 것이었다.

몇 달 만에 첫 조우였다. 혜민은 문에 들어오면서 기훈을 바라보았다. 기훈과 눈이 마주치자마자 혜민은 고개를 숙이며 시선을 피했다.

'혜민아…'

기훈은 후배의 이름을 부르고 싶었지만 그럴 수 없었다. 자신처럼 검찰에서 곤욕을 치렀을 혜민을 생각하니 미안함이 앞섰고, 혜민의 입에서 나온 불리한 진술 덕에 자신이 곤욕을 치르고 있음이 뒤따랐다. 기훈 역시 잠깐 얼굴을 마주친 다음 그대로 고개를 숙였다. 잠깐이었지만 혜민의 얼굴은 무척이나 수척해져 있었다. 피부도 까칠해져 있는 것 같았다. 검사는 혜민이 자리에 앉자마자 질문하기 시작했다.

"저기 저놈 누군지 알지?"

"…."

"몰라?"

검사 목소리가 일순간 천장을 치고 반사되어 혜민의 귀에 박혔다.

"대학 선배입니다."

"5월 7일 밤 11시쯤 박민혁과 헤어진 후 김기훈에게 전화하였을 때 전화번호를 불러준 적이 있지? 그때 왜 그랬어?"

"5월 7일 밤 제가 민혁 오빠의 분신계획을 듣고서 만류했지만 소용이 없었습니다. 오빠가 꼭 죽을 것이라고 생각되지 않았지만 혹시나 하여 기훈 형에게 전화를 했습니다. 그때 저는 민혁 오빠 아버지 전화번호를 불러주며 받아서 적어 놓으라고 말했고, 오빠에게 무슨 일이 있으면 연락을 달라고 부탁하였습니다."

"그래서?"

"그런데 기훈이 형이 전화통화 중에 '혜민아, 혜민아, 미안하다, 미안하다.'라고 하기에 저는 형이 이미 오빠의 분신계획을 알고 있는 것인지, 또는 다른 일로 미안하다고 하는 것인지 헷갈렸습니다."

"5월 10일 봉주르 카페에서 피의자 김기훈이 네 수첩에 박민혁의 이름과 전화번호를 써준 일이 있지?"

"…"

"홍혜민 양! 김기훈이 수첩에 전화번호를 써준 일이 있지?"

"그게…"

혜민은 무엇인가 망설이는 듯 머뭇거리고 있었다.

"있다, 없다 그것만 말해."

답답하다는 듯 신 검사는 혜민을 다그치기 시작했다.

"기억이 확실치 않습니다."
"이제 와서 왜 딴소리야. 그때 그랬잖아. 앞에 당사자가 앉아 있으니까 말하기 껄끄러운 거야?"
"제가 그와 같이 기억하고 진술을 하였는데 집에 가서 곰곰이 생각하여보니 누가 써주었는지, 혹은 제가 모르는 사이에 누가 제 수첩에 써 놓은 것인지 기억이 확실치 않습니다."

하지만 지금 이 상황에서 가장 당황하는 것은 기훈이었다. 아무 일도 없었던 것을 확실치 않은 기억으로 말하는 혜민의 진술을 직접 들으니 황당하기만 할 뿐 아무 말도 나오지 않았다. 무엇이 그토록 그녀를 다른 사람처럼 변하게 만들었는지는 몰라도 적어도 자신이 알던 예전의 혜민은 아니었다. 그녀는 자신이 하지도 않은 말을 했다고 주장하기도 하고 자신의 행동을 다르게 해석해 버렸다. 혜민과 이곳에서 대면하기 전까지만 하더라도, 만나서 이야기하면 모든 것이 간단한 오해로 풀 수 있었을 문제라고 생각했었다. 그러나 가느다란 실이 얽히고설키다 보니 이제는 어디서부터 풀 수 없는 실타래가 되어 있었다. 검찰은 결국 혜민의 입을 통해 '형이 범인 아니에요?' 하며 묻고 있는 형국이었다.

검찰은 혜민의 진술에 조금 당황했지만 이제 검찰은 보란 듯이 기훈에게 질문하기 시작했다.

"김기훈, 사랑스런 너의 후배 혜민이 말을 잘 들었지?"
"…"
"여기 증인이 사실들을 진술하는데 너는 왜 부인하는 거야?"
"제가 거짓말을 하는 것이 아닙니다. 제 기억은 정확하다고 생각합니다."

기훈은 슬쩍 혜민에게 눈을 흘기며 말했다.

"만약 그렇다면 홍혜민이 너와 다른 진술을 하는 이유는 무엇이라 생각해? 너한테 무슨 악감정이라도 있나?"
"저도 혜민이가 왜 그런 말을 하는지 그 이유를 알 수 없네요. 둘 사이 특별한 악감정도 없습니다."

검사는 다시 혜민에게 시선을 돌렸다.

"자, 5월 16일과 17일 검찰과 법원에서 진술할 때 네 수첩에 기재되어 있는 박민혁의 이름 석 자와 전화번호 등은 김기훈이 5월 10일 오후 봉주르 카페에서 적어 넣은 것이라고 분명히 말했지?"

"네. 제가 그때 그와 같은 진술을 한 것은 사실입니다."

"그런데 이제 와서 기억이 확실하지 않다고 하는 이유는 뭐야?"

"지금 제 기억이 확실하지 않기 때문입니다."

"김기훈을 바로 앞에서 보니까 그와의 인간관계상 미안하기도 하고 또 너의 친한 친구인 김기훈의 여자 친구 신수연을 생각해서 그러는 거 아니야?"

"…."

"김기훈 더 할 말 있나?"

"네. 한 가지 있습니다."

"뭔데?"

"5월 7일 밤에 제가 혜민이와 전화했을 때 미안하다고 한 것이 저는 5월 5일 밤에 술에 취했던 일에 대하여 그랬는데 정말 혜민이가 그렇게 받아들이지 않았는지 듣고 싶습니다."

신상훈 검사는 잠시 망설이더니 혜민을 바라보며 고개를 끄덕이며 말해라는 신호를 보냈다.

"제가 5월 7일 밤에 기훈이 형과 통화할 때 저에게 '혜민아 혜민아 미안하다 미안하다'고 하기에 저는 영문을 몰랐고 술에 취한 일에 대한 사과라고 생각이 들 만한 대화는 없었기 때문에 그 다음 날 아침에 분신할 계획을 미리 알고 있었던 것이 아닐까 하는 생각이 든 것입니다."

"됐어. 그만."

신 검사는 처음처럼 아무것도 보이지 않는 유리창을 향해 신호를 했다. 문이 열리고 수사관 한 명이 들어왔다.

"데리고 나가."

이쯤에서 분신정국의 쐐기를 박을 필요가 있었다. 그동안 다른 분신자들도 줄을 이었기 때문에 정국 전환을 위해서라도 빠른 상황판단과 정리가 필요했다.

검찰은 드디어 기훈을 법정에 세우기 위해 7월 12일 김기훈을 구속기소 하면서 사건수사결과를 발표했다.

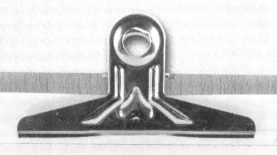

1991년 5월 25일

감 정 서

국립과학수사연구소

이화학과

문서감정실

의뢰관서명 : 서울지방검찰청

1. 증거물 : 가. 1, 유서 1매.

        나. 2, 주민등록분실신고서.

        다. 3, 이력서.

        라. 4, 박민혁이 누나에게 선물한 책자 속의 메모 2매.

        마. 5, 박민혁의 친구가 받았다는 편지봉투 및 내용 3매

        바. 6, 박민혁의 친구가 받았다는 카드봉투 및 내용 2매.

        사. 7, 전민련에서 박민혁의 것이라고 제출한 수첩 1권.

2. 감정사항 : 위의 1, 2, 3, 4, 5, 6, 7의 각 필적 이동 여부.

3. 감정방법 : 현미경, 입체현미경, 비교확대기, 고정밀비교확대투영기 등을
   사용하여 전체적인 필의 구성과 배자配字의 형태, 필세筆勢, 필
   순筆順에 의한 운필運筆순서, 조형미, 필의 방향, 각도, 간격, 운
   필 상태를 검사하고 기필起筆 부분과 종필終筆처리 부분. 직선
   적이고 곡선적인 필의 특성, 숙련과 미숙련 차이. 자음子音과 모
   음母音의 특성. 개인의 잠재 습성을 주시 검사하였음.

4. 감정결과 : 이상의 감정소견과 같이 (2)주민등록분실신고서 (3)이력서 (4)
   책자 속의 메모 (5), (6)편지봉투 및 내용 필적은 모두 동일한 필
   적으로 사료되며 위의 (1)유서 및 (7)수첩에 기재된 필적과는 정
   서와 속필 상의 상태를 알 수 없으나 현재 상태에서는 상이한
   필적으로 사료됨.

1991년 5월 25일
국립과학수사연구소
감정인 조 재 형 인

진실과 정의

검찰이 제시한 구속기소 통지서는 마치 한편의 잘 짜인 영화 시나리오 같았다. 검찰의 사건수사 결과를 요약해 보면 결국 어디선가부터 유서대필 의혹이 시작됐고 홍혜민이란 인물로부터 대필자의 증거인멸 시도 진술을 받아내 김기훈이란 인물을 범인으로 지목한 것이었다.

기훈이 어디서 대필을 했는지, 그가 박민혁과 어디서 만났는지에 대한 설명은 없었다. 다만 국립과학수사연구소의 필적자료 감정과 주변 정황으로 봤을 때 김기훈이 유력할 뿐이었다. 많은 사람들이 혜민의 진술만으로 수사결과를 발표했다면 의혹과 반론을 제기하였을지도 모른다. 하지만 국립과학수사연구소의 필적감정 결과는 김기훈에게 낙인과도 같았다. 이후 주변의 분위기는 기훈의 배후설을 인정해버리는 듯한 느낌이었다.

기훈은 더 이상 할 말이 없었다. 자신이 쓰지 않은 유서로, 그것도 국과수에서 본인의 글씨라고 나온 유서로 감옥에 가게 되고 징역을 살게 되었으니 말이다. 인권단체와 변호인단은 국과수 필적감정에 의문을 제기했다. 거기에 일본인 필적 전문가의 필석삼성 셜과를 발표하며 김기훈의 무죄를 촉구했다. 일본인 필적 전문가인 요시다는 유서의 필체는 속필체로 김기훈의 글씨체와 다르다고 주장했다. 하지만 검찰은 꼼짝도 하지 않았다. 오히려 언론플레이로 여론을 주도해갔다. 법원도 마찬가지였다. 법원은 김기훈의 보석신청 요구를 기각했다. 여기에 검찰은 한 발 더 나가 국가보안법 위반 혐의로 기훈을 추가 기소했다.

더위의 끝자락이 한없이 펼쳐지던 여름 아침이었다. 이미 서울지방법원은 취재진으로 인산인해였다. 이례적인 분신정국, 갑작스런 운동권의 대필파문, 그리고 용의자의 필적. 어느 것 하나도 사람들의 시선을 끌지 않는 것이 없었다. 근 석 달 동안 김기훈과 박민혁이란 이름, 그리고 유서는 하루에 한 번씩 보도가 되며 사람들의 지나친 관심을 받고 있었다.

그리고 8월 28일 첫 공판이 열렸다. 세상이 이목이 집중된 사인이라 그런지 공판장의 분위기는 차갑고 무거웠다. 법원 안은 이를 지켜보는 사람들로 가득했다. 기훈의 뒤편으로는 아들을 아끼는 기훈의 어머니가 간절한 눈빛으로 자리를 지키고 있었다. 재판이 시작되자 신상훈 검사는 자리에서 일어나 양복 단추를 잠그며 기훈에게 질문해 왔다.

"피고인은 90년 11월부터 총무부 부장직 임무를 봤죠?"

"91년 3월부터입니다."

기훈은 얼마 전까지만 하더라도 육두문자를 쓰던 조사 때와 달리 경어를 사용하는 모습에 속이 메스꺼웠다. 사람의 탈을 쓰고 저렇게 이중적인 태도를 취할 수 있는지 궁금했다.

"피고인은 고 박민혁과 언제, 어떻게 알게 된 사이입니까?"

"1990년 말 박민혁이 전민련에 일하겠다고 찾아와서 알게 되었습니다."

"피고인은 1991년 1월 하순 피고인의 대학 후배이자 피고인의 여자 친구 신수연과 가까운 친구인 홍혜민을 박민혁에게 소개시켜 주었죠?"

"예."

신 검사는 조사 때 있었던 내용을 하나씩 질문하며 기훈의 답변을 기다렸다. 앞에 앉은 세 명의 판사도 기훈의 눈과 입을 주시하며 그의 대답을 듣고 있었다. 똑같은 이야기를 반복해야 하는 것이 귀찮기도 했지만, 자신의 무죄를 입증할 재판이기에 기훈도 목소리를 가다듬으며 하나씩 대답해 나갔다. 이미 수십 번을 이야기하고 반복했던 내용이라 차분하기까지 했다.

"피고인은 4월 27일부터 5월 8일까지 주로 피고인의 집에서 잤으며 서울을 떠나 지방에 다녀온 사실이 없죠?"

"네."

"그럼 피고인은 위 기간 중 고 박민혁 명의의 유서를 대필하여 준 것이 아닙니까?"

"그런 사실이 없습니다."

이글거리는 횃불 속 검사의 두 눈이 정면으로 기훈을 향해 쏟아지고 있었다.

"피고인은 5월 11일 전민련에서 검찰에 제출한 전민련 사회국 업무일지와 5월 20일 전민련에서 검찰에 제출한 수첩『91. 전민련 수첩 조국은 하나』에 피고인의 글씨로 업무일지 내용과 수첩의 일정, 전화번호 등을 기입한 사실이 있습니까?"

"그런 사실이 없습니다."

"국립과학수사연구소의 감정결과 유서는 박민혁의 글씨와 다르며 피고인의 글씨와 동일한 필적으로 나왔습니다. 그리고 수사과정에서 전민련이 박민혁의 글씨라고 검찰에 제출한 업무일지, 전민련 수첩 등의 글씨 역시 피고인의 필적인 것으로 밝혀졌습니다. 그럼 피고인은 박민혁 명의의 유서를 대필하고 업무일지, 전민련 수첩도 조작하여 놓고서 처벌받을 것이 두려워 이를 부인하는 것은 아닙니까?"

"저는 그런 사실이 전혀 없습니다."

검사의 입에서 국립과학수사연구소의 필적감정 결과가 기훈의 것으로 나왔단 말에 재판장이 순간 술렁였다. 판사도 안경을 고쳐 세우며 기훈의 얼굴을 뚫어져라 쳐다보고 있었다. 진술 중 거짓말을 하는 부분이 있는지 유심히 살펴보기 위함이었다. 기훈은 그들의 이런 시선이 부담스러웠다. 자신의 무죄를 밝히는 자리에, 이미 유죄의 탈을 씌우고 평가하는 것만 같았다.

"피고인은 5월 10일 홍혜민을 만난 자리에서 홍혜민이 가지고 있는 『91. 전민련 수첩』 뒷부분에 박민혁의 이름과 전화번호를 적어 넣은 사실이 있죠?"

"없습니다."

"홍혜민이 검찰의 조사를 받기 시작한 5월 13일부터 5월 14일, 15일까지는 계속하여 집에 들어가지 않고 전민련 사무실에서 잤지요?"

"예."

"피고인은 피고인에 대한 혐의사실이 처음으로 언론에 보도된 5월 18일부터 명동성당에 들어가 머무르고 집에 들어가지 않았죠?"

"예."

"그 이유는 무엇인가요?"

"5월 13일에서 15일에는 업무가 바빠지고 주위 사람이 죽었다는 생각에 정신이 황폐해져서 사무실에서 잤고, 5월 16일에는 집에 들어가려 했으나 집이 압수수색 당했다는 말을 듣고 구속되지 않을까 하는 두려움에 집에 못 들어갔습니다. 5월 18일 언론보도 후에는 대책위원들과 명동성당에 들어가 지냈습니다."

검찰의 추궁 방식은 대개 전반적이 상황을 요구하며 질문을 하면서 분위기를 느슨하게 했다가, 돌연 대필과 배후의 직접적인 질문을 하며 분위기를 반전시키는 식이었다. 이럴수록 재판관과 참관인 모두 검찰의 분위기에 쉽게 빠져들게 된다. 이를 잘 아는 베테랑 검사는 자유자재로 실력을 뽐내고 있었다.

"피고인은 검찰에서 조사를 받기 시작한 10일 동안에는 업무일지를 본 사실조차도 없다고 부인했던 적이 있죠?"

"예."

"그런데 갑자기 우리가 사실관계를 바탕으로 추궁하자 업무일지를 찾아본 사실을 시인하였죠?"

"예."

"그렇다면 피고인은 위와 같이 업무일지를 피고인의 글씨로 다시 써서 유서가 박민혁의 글씨인 양 조작하여 놓고서 그와 같은 사실을 숨기기 위하여 아예 업무일지를 본 적도 없다고 거짓말을 한 것이 아닙니까?"

"그런 것은 아닙니다."

당시 정상적인 상황에서 진술한 내용이 아니지만 검찰은 이를 중요한 자료로 활용하고 있었다. 진술했던 것 자체가 사실이기에 충격은 더욱 컸다.

"피고인 김기훈은 검찰 조사 과정에서 처음엔 묵비권을 행사하다가 유서대필 사실, 수첩, 업무일지 조작 사실 등을 부인하는 진술을 했습니다. 그러던 중 검사가 조작된 수첩, 업무일지를 제시하고 수첩 본체의 잔류 부분과 새로 끼워진 부분의 요철이 불일치하는 등 여러 증거를 제시하자 피고인도 유서가 대필되었고 유서대필을 숨기기 위하여 수첩과 업무일지가 조작된 사실을 부인할 수가 없다고 진술하지 않았나요?"

"그렇게 진술한 것이 아니라 '논리적으로 증명할 방법이 없다. 우리가 알고 있는 것은 박민혁의 필체가 두 가지였다는 사실이다. 수사받을 당시 수첩이 조작된 것이고 필적감정이 정확하다면 유서도 대필된 것이다'고 했습니다."

"검찰에서 피고인의 행적에 관하여 조사를 받으면서 5월 1일부터 5월 3일까지는 사무실에 출근하였을 뿐이며 전혀 행적을 기재하지 않고 빈칸으로 해놓았는데 5월 1일부터 5월 3일 사이에 박민혁과 만나 분신문제를 의논하고 또 유서를 대필한 것 아닙니까?"

"만난 적도 없고 유서를 써준 일도 없습니다."

"이상입니다."

이십 분이 넘는 시간 동안 검사는 법정을 종횡무진하며 기훈을 마음껏 요리했다. 틈을 보이며 왼쪽으로 몰았다가도 여지없이 오른쪽에서 펀치를 날렸다. 하지만 기훈 역시 법원에서만큼은 한 치의 물러섬도 없었다. 신상훈 검사가 자리에 앉자 변호인단에서 박인철 변호사가 조용히 걸어 나왔다. 기훈에겐 자신의 결백을 논리적으로 증명해 줄

기회가 드디어 온 것만 같았다.

"피고인은 강경대 군 타살사건 이후 박민혁이 분신자살하기까지 발생한 일련의 분신 사건에 관하여 박민혁과 개인적으로 의논하여 본 일이 있나요?"

"연대 대책회의 상근 인력으로 박민혁이 파견되어 접촉할 기회가 없어서 분신에 관한 논의를 한 일은 없습니다."

"그러면 당시 전민련에서는 연쇄적인 분신항의사건에 대하여 어떠한 견해와 입장을 취하고 있었던가요?"

"특별한 견해는 없었으나, 전민련이 참여한 대책회의에서 이래선 안된다, 자제해 달라는 입장을 밝힌 바 있었으며 그것이 전민련의 견해라고 생각합니다."

전민련 자체에서도 분신의 행위 자체에 대해서는 부담감이 컸다. 사람들이 정권타도를 외치는 분위기 형성에 큰 기여를 해서 이로운 점이 있었지만, 극단적인 죽음으로 사람들이 죽는 것은 안타까웠다.

"피고인은 박민혁이 분신을 결행하기 전에 분신할 생각을 가졌다는 말을 직접으로나 간접으로 들은 사실이 있습니까?"

"없습니다."

"그렇다면 홍혜민이 5월 7일 밤에 전화했을 때 '박민혁이 분신하려고 한다'는 얘기를 한 사실이 있습니까?"

"없습니다."

"피고인은 1991년 6월 24일 검찰에 자진 출두한 후 처음 이틀간은 잠도 못 자고 계속 조사를 받았고, 그 후에는 매일 오전 10시경부터 밤 12시 이후까지 계속 조사를 받았습니다. 또한 토요일 하루는 구치소에서 보내지 않고 밤샘 조사를 하는 등 19일 동안 극심한 수면부족 상태에 있지 않았습니까?"

"예. 그렇습니다."

"이상입니다."

박인철 변호사는 마지막 질문에 검찰의 수사방식을 넣음으로써 전에 기훈이 했던 진술이 정상적인 상황에서 나온 진술이 아니란 점을 각인시켰다. 질문이 끝나자 사람들은 저마다 조금씩 속삭이기 시작했다. 법원의 분위기가 다시 기훈에게 돌아오는 것 같았다.

이때 유심히 기훈을 바라보던 재판장이 기훈을 향해 첫 질문을 던졌다.

"검찰 조사에서 업무일지를 본 일이 없다고 부인한 이유는 무엇인가요?"

"본 것은 사실이지만 그랬다간 불리할 것이라고 판단되어 반사적으로 거짓말을 했습니다."

재판장은 고개를 가볍게 끄덕였다.

"이상 피의자 심문을 마치고 증거조사를 하겠습니다. 다음 공판일은 9월 11일 10시입니다."

몇 시간에 걸친 첫 공판이 끝났다. 기훈의 등은 땀으로 흥건했다. 법정에 거짓 진술을 해 몸에서 나는 진땀이 아니었다. 그것은 검찰 조사 과정에서 극도의 수면부족 상태에서 강압적인 분위기에 나왔던 자신의 말이 지금의 재판을 옥죄고 있다는 사실에서의 긴장감이었다. 물론 혜민의 진술은 말할 것도 없었다.

"강하게 마음먹으세요. 많이 힘들지만 진실은 반드시 승리합니다."

김석태 변호사는 기훈의 어깨를 다독이며 법원을 나섰다. 모든 사람들이 각자의 갈 길을 가고 기훈은 다시 혼자가 되었다. 잠시나마 부모님과 지인들의 얼굴을 볼 수 있었던 게 위안이 됐다. 모두들 그를 응원해주러 온 것이었다. 하지만 그들이 자신 때문에 지금까지 시간을 투자하며 이곳에 있다는 게 죄송스러웠다.

공판이 끝나자마자 기자들은 상상의 나래로 기사를 쓰기 시작했다. 어떤 쪽은 완벽히 검사의 손을 들어주고, 어떤 쪽은 기훈의 손을 들어주기도 했다. 적어도 기훈의 생각엔 그 어느 쪽도 공정한 언론으로 보이지 않았다.

첫 공판이 끝나고 구금되어 있는 동안 기훈은 많은 생각을 했다.

'지금 재판장에서 피고인으로 앉아 있는 게 내가 맞을까? 다음 재판에서 나는 무슨 말을 해야 하지… 판사는 어떤 생각으로 질문하는 것일까…'

기훈은 아무것도 속 시원히 알아낼 수 없었다.

구치소에서 며칠을 보낸 뒤 9월 11일 서울형사지방법원에서 2차 공판이 진행됐다. 이번에는 최창국 변호사가 먼저 질문을 했다.

"피고인이 검찰에 자진 출두하던 날인 1991년 6월 24일 8시 30분경 명동성당에서 기자회견을 할 때 '검찰에 출두하면 묵비권을 행사하겠다'고 얘기한 것으로 기억하는데 묵비권 행사를 하려고 했던 이유는 무엇입니까?"

"그간 검찰수사가 불공정하게 진행되어 왔다고 생각했기 때문이었습니다."

"그날 오전 9시 20분경 검찰청사에 도착하여 두 시간쯤 구치감에 있다가 11층 1102호실로 불려 올라갔죠?"

"예."

"1102호실은 11층의 복도 중간지점에 막아놓은 부분의 문을 통해서만 들어갈 수 있는 특별조사실이고 외부와 차단되어 문만 걸어 잠그면 아무도 접근할 수 없는 곳에 위치하고 있죠?"

"예."

"검찰의 조사를 받는 동안 삼청동 별관에 잠시 다녀온 것 외에는 계속 1102호실에서만 조사를 받았습니까?"

"예."

기훈에게 1102호 조사실은 정말 지옥 같았다. 아무리 큰 비명을 질러도 밖으로 소리하나 나갈 것 같지 않았다. 심지어 그곳에 갇혀 사람이 죽어도 들어오지 않으면 아무도 모를 정도의 은밀한 곳이었다.

"첫날 1102호실에 들어가니 얼마 지나지 않아 부장검사를 비롯해서 검사 5명이 들어왔고, 얼마 후 2명의 검사가 또 들어왔으며, 3~4명의 수사관이 함께 있었다는데 사실입니까?"

"예."

"그 방에 들어온 검사 한 분이 '네 진술이 묵비권이냐, 누가 시켰느냐'고 물어 '검찰수사가 불공평하고 부당하기 때문'이라고 대답했죠?"

"예."

"그 후 한 시간가량 묻는 말에 답변을 하지 않으니까 '묵비해도 좋다. 우리는 계속 언론에 때리겠다'고 하고 검사 전원이 밖으로 나가자 수사관 3명이 남아서 약 2시간가량 이것저것 묻고 입에 담기 거북한 욕설을 퍼붓고 괴롭혔다죠?"

"예. 사실입니다."

"얼마 후 주임검사가 들어오더니 '한 가지 제안을 하겠다. 자술서를 쓰면 모든 자료를 보여주겠다. 생각해보라'고 한 다음 밖으로 나가자 수사관이 종이와 펜을 내놓으며 '무조건 써라. 우리는 검사와 입장이 다르다. 쓰지 않으면 네가 피곤해질 것이다.'라고 겁을 주며 가족관계, 학력, 경력, 행적, 주변 인물 관계 등을 쓰라고 강요했죠?"

"예."

그날 필적 자료 등을 본 적이 없는 기훈에게 달콤한 제안을 하고 다시 수사관들이 기훈을 괴롭히며 수많은 자술서를 강요하였다.

"그 말 이후도 계속해서 피고인을 압박하자 겁도 나고 자술서를 쓰지 않으면 유서의 필적과 관련하여 더욱 의심할 것 같아서 20매나 되는 용지에 자술서를 써냈죠?"

"예."

"자술서를 한 장 쓸 때마다 수사관은 그것을 가지고 밖으로 나갔고 자술서를 다 쓰자 수사관으로 보이는 10명의 사람들이 기록 보따리 같은 것을 들고 들어왔다죠?"

"예."

"그때가 몇 시쯤 되었을 때입니까."

"정확하게 모르겠지만 새벽이었습니다."

"피고인이 검사들이 제시한 증거 서류들을 보고 나자 부장검사가 피고인 집에서 압수한 혁노맹 관련 문건 서류를 내보이며 '이거 네 글씨지?'라고 물어서 '아닙니다.'라고 하니까 '넌 혁노맹에 관련된 걸 다 알고 있어. 이것은 혁노맹 사건 수사 당시 나오지 않은 문건이다. 이거면 지금 혁노맹으로 구속되어 있는 사람들 모두 재조사하여 혼낼 수 있어. 우리가 알아본 바로는 이것이 유서와 가장 유사한 필석이야.'라고 했지요?"

"예."

"그럼 이번 사건과 관련 없이 혁노맹 문건으로 다른 사람들이 수사를 받고 처벌을 받는 게 부담스러웠겠네요."

"예."

"그 뒤 약 3~4일간은 계속하여 위 혁노맹 관련 문건을 가지고 검사, 수사관들이 번갈아가며 회유도 하고, 협박도 하고 그랬다는데, 맞습니까?"

"예."

당시 혁노맹 문건은 국가보안법에 위반될 소지가 컸기에 관련자들을 조사하면 피해가 갈 것이 불 보듯 뻔했다. 기훈은 기존 검찰의 조사방식을 알았기에 그것만큼은 막고 싶었다. 그들은 정말 이번 분신사건과 무관했기 때문이었다.

"좀 더 구체적으로 몇 가지 예를 들면 어떤 검사는 '유서대필을 자백하면 혁노맹 건은 문제 삼지 않겠다.' 하고, 주임검사는 '시간이 얼마 남지 않았다. 우리가 밝히지 않더라도 지금 공안부, 안기부, 기무사 등

입맛 다시는 곳이 많다. 우리는 이것을 막으려고 한다. 사건 확대를 원치 않는다'고 하며 어떤 수사관은 검사가 밖으로 나가자 '검사와 우리는 입장이 다르기 때문에 자백 받는 방법이 따로 있다. 나도 이러고 싶지 않다. 자백하면 공안 부분은 내가 건의해서라도 막아준다'는 등 여러 사람이 번갈아 가며 회유, 협박을 했지요?"

"예. 특히 제 주변의 참고인들을 모두 불러 수사하겠다는 말에 가장 타격을 받았습니다."

"구체적으로 주변인들의 이름을 거명하였나요?"

"예."

기훈의 귀를 통해 불러졌던 이름이 다시 기억났다. 당시 검사의 입에서 한명 한명 호명될 때마다 기훈의 가슴은 말할 수 없는 고통으로 뭉개졌었다.

"그와 같이 혁노맹 건과 관련하여 회유, 협박을 받았을 때 피고인의 심경은 어땠습니까?"

"상당히 참담했고 사실은 아니지만 차라리 내가 유서를 대필했다고 얘기하고 그 사람들에게 신체적 불이익이 가해지는 것을 막고 싶었습니다. 저는 떳떳했기에 나중에 법정에 가서 사실을 밝힐 수 있지 않을까 생각도 했습니다. 어떻든, 저는 무슨 수를 써서라도 그 상황을 모면해보고자 하는 여러 생각이 교차했습니다."

"검찰이 한동안은 동료인 임문환 씨에게 유서대필 혐의를 두고 많은 조사를 했죠?"

"예. 현상금까지 걸고 잡으러 다닌 것으로 알고 있습니다."

"업무일지에 관하여도 검찰은 사후에 피고인이 조작하였다고 추궁하고 감정결과도 유서와 동일인의 필적이라고 하였는데 검찰의 주장과 달리 후에 업무일지에는 세 사람의 글씨가 있다는 사실이 밝혀지기도 한 사실이 있지요?"

"예."

"피고인은 한때 검찰에 '논리적으로 보아 유서가 대필된 것은 분명하다고 생각한다. 그러나 나는 대필하지 않았다'는 진술을 한 것으로 기재되어 있는데 왜 그런 진술을 했습니까?"

"수첩 절취선이 맞지 않아 상당히 의아한 부분이 많았습니다. 당시 생각으로는 검찰의 주장대로 수첩 절취선이 맞지 않은 것이 사후에 조작된 것이고, 그 필적이 유서대필과 같다는 국과수의 감정이 나온 이상 이것은 다른 사람이 대필한 것이라는 논리를 논리적으로 반박할 길이 없었기 때문입니다. 그런 판단에 당시와 같은 진술을 했습니다."

"지금도 그 생각은 변함이 없나요?"

"현재로선 유서가 대필되지 않았다고 생각합니다."

기훈은 재판을 하고 있는 지금 당시 진술들을 가장 후회하고 있었다. 그때 그런 말만 하지 않았다면 이렇게 불리하게 가진 않았을 것만 같았다. 왜 묵비권으로 끝까지 버티지 못했는지 아쉽기만 했다. 시간을 되돌릴 수만 있다면 원점에서 다시 시작하고 싶기까지 했지만 이미 많은 단계를 지난 후였다.

"피고인이 검찰에 출두한 6월 24일 이후 1102호실에서 밤을 새워 조사받은 것은 몇 차례나 됩니까?"

"이틀에 두 번, 하룻밤 세 번 정도입니다."

"그러면 약 칠일 동안은 구치소에 들어가지 않고 검찰청에서 밤을 새운 것인가요?"

"예."

"조사실에서 밤샘 조사를 하지 않을 때는 보통 몇 시부터 몇 시까지 조사를 받았습니까?"

"아침 10시부터 새벽 1시까지 조사를 받았고 제일 일찍 끝날 때가 밤 9시경이었습니다."

박 변호사는 빠르게 질문을 이어갔다.

"구치소의 기상 시간은 몇 시입니까?"

"오전 6시 30분입니다."

"조사받으며 피고인은 졸리진 않았습니까?"

"매우 피곤하고 졸렸습니다."

"피고인이 조사 도중 졸게 되면 잠시 눈이라도 붙이게 해주던가요?"

"구속기간 연장하기 전에는 그러지 않았습니다. 졸면 세워놓고 조사하거나 다른 방법을 쓰며 조사를 계속 했습니다. 그러다 구속기간 연장 후에는 눈을 붙이게 해 주었습니다."

다른 방법은 너무 많아서 언급할 수도 없었다. 치욕적인 욕설, 구타 등 이루 말할 수 없었다. 하지만 기훈은 다 말하지 않고 그 정도 선에서 답변을 끊었다.

"밤샘조사를 하는 동안 검사나 수사관들도 계속 자지 않고 소사하였습니까?"

"담당검사는 같이 밤을 샌 적도 있으나 대부분 2~3시간 단위로 교대했습니다."

"피고인이 검찰에 출두하여 기소될 때까지 19일 동안 검사실에서 감사 입회하에 세 번 변호인 접견을 한 것이 외부인 접촉의 전부죠?"

"예."

"이상입니다."

변호인단은 당시 검찰의 수사 방식을 지적하고 기훈이 거짓 진술을 할 수밖에 없던 상황 설명에 전력을 쏟았다. 이는 자연히 수사 시 나왔던 불리한 진술들의 신빙성이 떨어짐을 의미했다. 변호인 말을 듣고 있던 노옥석 재판장이 기훈에게 낮은 목소리로 질문하기 시작했다.

"피고인은 지난 재판에서 검찰의 마지막 진술에서 '유서의 필체는 박민혁의 글씨가 아닌 것으로 생각한다'고 했다가 변호인의 반대신문에서는 다시 '박민혁의 글씨로 본다'고 진술을 번복하였는데 진술을 번복할 만한 특별한 사정이 있는가요?"

"검찰에서는 객관적 자료의 미흡 등으로 판단을 잘못하고 그렇게 진술했습니다."

"7월 5일 자 자술서에 의하면 전민련이 검찰에 제출한 업무일지가 피고인이 처음 본 것과는 다르고 그 글씨가 박민혁의 글씨가 아니라는 결론에 이르게 되었다고 쓰여 있는데 지금도 같은 생각인가요?"

"그렇지 않다고 생각합니다."

그 뒤로도 검사와 변호인단을 물고 물리는 공방이 이어졌다. 검찰 측이 주장하는 주된 내용은 기훈의 진술 부분과 혜민의 증언 부분이었고 변호인단은 당시 진술의 신빙성이 떨어진다는 것에 초점을 맞춰 갔다.

검찰은 진술뿐만 아니라 명백한 과학 증거자료가 필요했다. 검사 측은 10월 9일 4차 공판에 필적 감정을 맡은 문서감정사를 증인으로 불러들였다. 증인석에는 작은 체구에 날카로운 눈매를 가진 남성이 자리했다. 안경 사이로 비치는 그의 인상은 날카로웠다. 신상훈 검사와 증인의 눈이 마주쳤을 때 아주 작았지만 묘한 미소로 서로에게 화답했다. 신 검사는 증인에게 질문하기 위해 자리에서 일어났다.

"증인은 1977년 3월 국립과학수사연구소에 문서 감정요원으로 공채되어 1982년 5월 문서감정실장이 된 이래 현재 국립과학수사연구소 문서감정실의 책임자인 문서분석실장으로 재직하고 있는데 맞습니까?"

"예. 맞습니다."

증인의 입에서 굵지도 가늘지도 않은 평범한 남성의 목소리가 흘러나왔다.

"증인은 오랜 경험과 연구를 통해 획득한 전문지식으로 한글필석감정 방법과 기준을 정리하고 감정서식을 만들고 이에 대한 강의와 교육을 시행하고 있죠?"

"예."

"증인이 만든 감정 방법과 기준이 현재 국내에서 한글필적 감정에 대한 지침이 되고 있는가요?"

"예."

검찰 측은 비교적 짧은 대답을 요구하는 질문을 던졌고, 증인은 이에 기계적으로 대답하고 있었다. 이는 증인의 경력을 미리 공표하여 필적감정에 전문성을 높이려는 의도였다.

"증인은 소위 박민혁 명의 유서와 관련하여 서울지방검찰청 검사의 의뢰를 받고 필적감정 및 수첩의 성상에 관한 감정 등 문서 감정을 한 후 이를 회보한 사실이 있습니까?"

"예."

"당시 업무일지는 동일한 필적이고 나머지는 유서와 동일 여부를 판단할 수 없다고 결론이 났는데 사실입니까?"

"예."

"그럼 유서와 동일한 필적 상 특징이 발견되지 않은 것들은 감정서에 대조 자료로서 적절하지 않아서 비교하지 않았단 말입니까?"

"예. 업무일지가 여러 사람에 의해 쓰였을지도 모르니 그중 유서와 같은 필적만 감정해 달라는 의뢰를 받아 동일필적 대상으로 의뢰하여 감정 회보하였습니다."

재판장 안은 검사와 증인의 대화 외엔 그 어떤 소리도 들리지 않았다. 재판을 지켜보는 모든 사람의 눈이 증인의 입을 향하고 있었다.

"유서와 진술서, 그리고 메모 필적은 동일한 필적으로 결론 났는데 사실인가요?"

"예."

"순수하게 과학적으로 감정하였고, 그 결과 동일한 필적으로 결론 난 것이죠?"

"예."

"5차례에 걸친 필적 감정결과를 종합하면 유서와 전민련에서 제출한 수첩, 업무일지, 김기훈이 자신의 필적이라고 자백한 김기훈의 수첩, 김기훈의 노트, 김기훈의 자술서 및 진술서, 김기훈의 항소이유서, 김기훈의 필적은 모두 동일한 필적이고 유서와 박민혁 명의의 주민등록증 분실신고서, 이력서, 박민혁의 누나에게 선물한 책자 속의 필적, 박민혁의 친구 안혜정이 제출한 편지 및 카드의 필적은 상호 상이한 필적이란 것입니까?"

"예."

잔잔한 재판장에 던져진 돌이었다. 유서의 필적이 기훈의 필적과 같다는 증언이 나오자 사람들은 수군대기 시작했다. 증인석 옆에서 문서감정사를 바라보고 있던 재판장의 얼굴도 미묘한 변화가 있는 듯했다.

"증인은 이 사건과 관련하여 감정을 하면서 문서감정전문가로서 전문지식과 경험을 활용하여 과학적으로 절차상 문제없이 소신껏 감정한 것인가요?"

"예."

"이상입니다."

신상훈 검사는 만족한다는 듯 당당하게 미소를 머금고 자리로 돌아갔다. 반대로 맞은편에 앉아 있던 기훈과 변호인 측은 피가 거꾸로 솟는 기분까지 들었다. 이에 변호인 측에서 젊은 남자 한 명이 일어서 재판장으로 걸어 나왔다. 훤칠한 키에 훈남 얼굴을 하고 있었지만 눈동자는 불타고 있었다. 이번 변호인으로 질문을 맡은 이는 인권과 사회운동에 뛰어다니며 민변으로 활동하던 김석태 변호사였다. 김 변호사는 증인 앞으로 다가가 두 눈을 똑바로 바라보고 질문을 시작했다.

"증인은 학력이 어떻게 되나요?"

"고졸입니다."

"증인이 국립과학수사연구소에서 일하기 전까지 경력은 어떻게 됩니까?"

"인쇄업, 인장업, 상패, 트로피 등을 제작하는 일을 했습니다."

"증인이 처음 필적감정을 할 당시 필적감정에 관한 전문적이고 체계적인 교육이나 연수를 받은 바 없지요?"

"82년 10월경 일본 과학경찰연구소에서 두 달 연수받은 적이 있습니다."

검찰이 조재형 감정사가 국과수에 근무한다는 사실로 그의 전문성을 높인 것에 대해 변호인 측은 그 이전에 그의 실력에 의문을 제기하는 것이었다.

"그리고 그때부터 현재까지 교육이나 연수를 받은 바도 없고요?"

"예. 국립과학수사연구소에서 자체적으로 계속 연구를 해오고 있습니다."

"국립과학수사연구소에서 또는 개인적으로 아무리 오랫동안 필적감정 업무에 종사한다고 하더라도 필적감정에 관한 전문적인 자격증을 수여하고 있지 않으며, 이에 관한 시험제도 등도 없지요?"

"예."

김 변호사의 인신공격에 가까운 질문이 쏟아지자 증인의 얼굴이 이내 붉어져 갔다. 명색이 국립과학수사연구소의 문서감정실 실장인데 고졸에 전문성이 결여됐다는 질문을 받아야 했기 때문이었다.

"개인의 숙련도와 능력에 따라 같은 사건에 관한 필적을 감정하는 때에도 감정결과가 다른 때가 있죠?"

"가끔 의견이 일치되지 않는 경우도 있습니다."

"그렇다면 필적감정 결과는 1+1=2, 또는 수소와 산소가 결합하면 물이 된다는 과학적으로 명백히 움직일 수 없는 결론이 아닌 감정인의 능력과 자질에 차이가 나타나겠네요?"

"엄밀히 따지자면 그렇습니다."

김석태 변호사는 필적감정이 과학수사란 미명하에 마치 대단한 것처럼 포장된 것을 하나씩 벗기기 시작했다.

"검찰이나 경찰에서 필적감정을 의뢰할 경우 업무배당은 누가 합니까?"

"사건 수에 따라 제가 배당합니다."

"이번 필적감정은 증인이 주로 하였나요?"

"예."

"증인은 통상 필적감정 1건을 수행하는데 소요시간은 어느 정도 걸리나요?"

"처리기한은 8일로 잡고 있으나 빠르면 1~2일 걸리고 늦어지면 지연 통보를 해 연장합니다. 대개는 일주일 정도 걸립니다."

증인의 목소리에 짜증이 잔뜩 묻어 있었다.

"검찰에서 1991년 5월 21일 자 감정의뢰에 대한 회보를 보낼 것을 독촉하지 않았나요?"

"예. 독촉하였습니다. 제가 바쁜 사건으로 알고 우선적으로 처리하였습니다."

"대개 한 개인에게 있어서 몇 년가량 간격으로 글씨체가 바뀌나요?"

"직업, 생활환경도 사람에 따라서 큰 편차가 있을 수 있습니다만 보통 어릴 적에는 계속 바뀔 수 있으나 20세를 전후에 필적이 고정되며 그 후의 변화는 개인차가 많습니다."

"따라서 동일인이 쓴 글씨라고 해도 초등학교 때와 30세 후를 예로 들면 작성 시기에 따라 다른 필적으로 볼 수도 있지요?"

"예."

김 변호사는 이번 필적감정에서 중요한 자료로 채택됐던 고 박민혁의 메모지 글씨가 어렸을 때 쓴 글씨이고 정자체임을 강조하며 유서의 필체처럼 속필체로 바뀔 수 있다는 점을 각인시키려 했다.

"만약 이번 필적자료처럼 각 필적자료의 작성시기가 15세 이전과 20대 후반과 같이 현격하게 차이가 난다면 이러한 작성시기를 고려해 감정소견도 달라질 수 있겠네요?"

"10년, 20년 같이 현격하게 차이가 난다면 그럴 수도 있을 것입니다."

"또한 한 사람이 비슷한 시기에 쓴 것이라고 해도 속필체, 정서체, 횡서체, 종서체, 초서체 등으로 필적을 달리하는 경우 동일인의 필적인지 판별하기 어려운 때가 있지요?"

"예."

공판을 듣고 있던 대다수의 사람들은 필체가 바뀔 수 있다는 점과 유서의 글씨체 속성이 다르다는 사실에 적잖게 놀라는 눈치였다.

"유서 2매의 필체는 속필체인가요."

"예."

"주민등록 분실신고서는 정서체인가요?"

"예."

"업무일지 3매의 필체는 무슨 체인가요?"

"속필체입니다."

"메모지의 필체는 무슨 체인가요?"

"중간체입니다."

"김기훈의 수강노트는요?"

"속필도 있고 정서체도 있습니다."

"그러면 동일인이 쓴 글씨라고 해도 시기와 필법이 다른 이상 100 퍼센트 동일하다는 말은 성립될 수 없네요?"

"동일한 필적이 70% 이상이면 동일 필적, 45% 이하면 상이한 필적, 45~60%이면 이동식별 불능, 60~70%이면 동일, 불능 중 택일합니다."

김 변호사는 미리 준비한 귀납논법식 증명을 통해 필적감정의 문제점을 집어냈다.

"이번 필적감정이 필법의 특징에 관한 유사비율이 45% 이하이기에 서로 다른 필적이라고 판정한 거죠?"

"예."

"증인은 나중에 감정대상 증거물 10개가 모두 동일필적이라고 감정하였는데 이들 각각의 필법에서 보이는 유사비율이 몇 퍼센트가량 되어 동일 필적으로 감정했습니까?"

"70% 이상이었습니다."

재판장도 많이 놀라는 눈치였다. 세 명의 판사는 잠시 얼굴을 맞대 속삭이듯 듯했다. 긴 침묵을 깨고 노옥석 재판장이 증인에게 질문을 던졌다.

"감정할 때 일단 육안으로 관찰하고 그 후 현미경으로 관찰하는가요?"

"예."

"육안으로 관찰할 때 선입견은 서지 않나요?"

"그렇지 않습니다."

"육안으로 동일한가를 보고 특징적인 부분만 감정하는가요? 아니면 전체를 다 감정하나요?"

"전체를 다 감정합니다."

노옥석 재판관은 명확히 이해가 되지 않는다는 표정으로 계속해서 증인에게 질문을 했다.

"4명이 감정하였다고 하는데 각자 감정하나요? 아니면 증인이 감정하고 다른 사람들은 의견을 들어 판단하나요?"

"제가 감정한 후 다른 사람과 충분한 협의를 거쳐 결론을 내렸습니다."

"감정결과 70% 이상이면 유사한 것으로, 45% 이하면 상이한 것으로 판단하는데 그 근거는 뭔가요?"

"퍼센티지로 일본과 미국 모두 동일한 감정을 합니다."

"감정 오차율은 얼마나 됩니까?"

"그에 관한 통계는 없습니다."

재판장은 잠시 오른쪽에 앉은 판사에게 의견을 묻고 무언가를 듣고 있었다. 잠시간의 침묵이 흐른 뒤 재판장이 입을 열었다.

"이상입니다. 다음 공판 기일은 1991년 11월 7일입니다."

문서감정사가 말하는 과학수사의 틀은 재판의 팩트를 좌우하기엔 부족함이 없었다. 숫자와 퍼센티지, 그리고 해외 인용 사례 등이 나오면서 유서대필 의혹은 더욱 증폭되어만 갔다. 제5차, 6차 공판 역시 문서감정과 이에 대한 반론으로 이어졌다. 하지만 공판이 진행될수록 기훈에게 불리하게 작용했다. 그리고 검찰이 꺼낸 두 번째 와일드카드가 증인석에서 기훈을 기다리고 있었다.

서울형사지방법원 공판조서 제7회. 증인 홍혜민

신변보호요청을 통해 행방이 묘연하던 혜민이 재판장에 모습을 나타냈다. 어느 누구와도 연락이 되지 않던 그녀였다. 심지어 그녀를 취재하려고 여기저기 찾아다니던 기자까지 연행될 뻔한 상황도 있었다. 이번 재판에서 중요한 인물이 증인으로 출석한 만큼 공판장 안은 긴장된 분위기로 가득했다.

"지난번 증인은 저에게 증인출석이 어렵겠다는 취지의 편지를 보낸 적이 있습니다. 따라서 오늘 어려운 걸음을 한 증인을 위해 여러분에게 먼저 양해를 구합니다. 제가 보기에는 증인이 전민련 관계자나 일반 방청객 앞에서는 충분한 진술을 할 수 없다고 판단합니다. 따라서 보도진 및 피고인, 증인의 가족 이외 방청객들의 퇴정을 명합니다."

재판장은 증인의 부담을 들어주기 위해 방청객을 정리하며 공판 시작을 알렸다.

혜민은 검찰 수사 때 모든 것이 끝난 것으로만 여겼다. 하지만 유서대필 사건의 족쇄는 쉽게 그녀를 놓아주지 않았다. 재판까지 올 것이라고 생각 못했기에 얼굴은 심하게 창백해져 있었다. 눈앞에 서 있는 신상훈 검사를 보니 그때의 소름이 온몸에 돋는 듯했다. 자신에게 친근한 미소를 지어 보이는 그가 역겹기까지 했다.

"증인은 김기훈으로부터 박민혁을 소개받은 사실이 있습니까?"

"예."

"그 당시 김기훈이 박민혁을 소개하면서 같이 전민련 사무실에서 일하는 후배이고 한양내학교 절학과 3학년을 중퇴하였다고 소개하였던 적이 있습니까?"

"예."

신 검사는 그때 했던 이야기를 똑같이 물어왔다. 분명 당시 마지막 진술을 통해 모든 것은 끝났다고 했는데, 여기 수많은 사람이 지켜보는 가운데 자신을 불러 세운 것에 배신감까지 느껴졌다.

"그 후 증인은 박민혁을 매주 약 1~2회 정도 만나게 되었는데, 그러던 중 1991년 2월 18일 슈베르트 카페에서 박민혁을 만났을 때 박민혁이 잘 쓴 것이니 읽어보라 하여 메모지를 받은 사실이 있습니까?"

"예."

"그런데 나중에 그 내용을 읽어보니 '엊저녁 소주 2잔이 나도 너도 없는 상태에서 자네는 이런 얘기를 했네' 또는 '다툴 일도 아니었는데' 라는 등 박민혁이 증인을 생각하면서 증인을 대상으로 쓴 내용도 아니고 박민혁이 쓴 것인지도 알 수 없어 기분 나쁘게 생각한 사실이 있지요?

"예."

솔직히 그 부분은 혜민도 잘 이해가 가지 않았다. 자신과 한 말이 아닌 것을 메모지에 적어 잘 적은 글인 듯 자신에게 권하던 그를 이해할 수 없었다. 다만 평소 글짓기와 글 쓰는 것을 좋아하던 오빠의 성격상 그럴 수 있다고 생각할 뿐이었다.

"증인이 마지막으로 박민혁을 만난 것은 1991년 5월 7일 저녁 신촌의 복지다방이지요?"

"예."

"당시 증인과 박민혁은 위 복지다방에서 만나 상호불상 식당과 카페로 옮겨가며 이야기를 했는데, 그때 박민혁이 5월 4일 집회에 대한 시민들의 반응과 분신자살에 대한 의견을 묻고 어버이날인 5월 8일에 분신할 듯한 의사를 비치기에 증인이 울면서 이를 제지한 사실이 있는가요?"

"예."

"그러나 박민혁은 결심을 굳힌 듯이 같은 날 자신의 전민련 수첩 전화번호란 3~4장을 찢어낸 후 자신의 분신 후 연락해 줄 사람의 전화번호가 기재되어 있는 부분에 녹색 하이테크펜과 샤프로 표시를 해주고 이를 증인에게 주었고, 수첩이 아직 쓸만하다면서 위 전민련 수첩 전부를 증인에게 준 후, 같은 날 아현역에서 헤어진 사실이 있습니까?"

"예. 있습니다."

"증인은 다음날인 5월 8일 새벽 박민혁으로부터 전화를 받았는데 박민혁이 '이대에 있다. 지금까지 다른 데에 있었다. 사랑한다'는 등 마지막 인사 같은 말을 한 사실이 있습니까?"

"예."

혜민은 고개를 숙인 채 검사의 질문에 대답했다. 그때가 생생하게 떠올라 그녀의 머릿속은 복잡하기만 했다. 고개를 들어 공판장 입구를 바라보았다. 순간 움찔하던 그녀는 다시 급히 고개를 숙였다. 문밖 창문 사이로 오빠가 자신을 보고만 있는 것 같았기 때문이었다.

"그날 낮에 증인은 연대 학생회관 3층에서 전민련 관계자의 종용으로 기자회견을 하고 '박민혁이 혼자 결정하여 분신한 것이고 배후를 조종한 사람은 없었다'고 기자회견을 한 사실이 있습니까?"

"예."

"그런데 증인은 검찰 조사 시 박민혁이 분신자살하려고 한 사실을 사전에 알고 있었음에도 이를 감추고 노동현장에 가는 것으로 알았다고 진술하고, 김기훈과 만난 사실, 통화 사실을 수사기관 앞에서 진술하지 않았죠?"

"예."

"그 후 검찰에서 박민혁이 수첩을 증인에게 남긴 사실을 다른 경로를 통해 알아냈고 2차로 증인을 소환하여 그 사실 여부를 추궁하게 되자 그때 비로소 수첩의 행방 등 묵비하였던 사실을 털어놓지 않았습니까?"

"예."

혜민은 지친 듯한 어투로 대답했다. 기훈과 마찬가지로 진술을 번복한 것이었기에 어떠한 반론도 할 수 없었다.

"증인은 2차 검찰 조사가 끝난 후 기자와 전민련 사람들이 자꾸 찾아오기 때문에 처녀의 몸인 증인의 혼삿길이 막히거나 당할까 봐 걱정을 한 부모님이 이모 집으로 증인의 거처를 옮긴 사실이 있습니까?"

"예."

"검찰에 출두하여 작성한 자술서와 진술서는 모두 증인이 자필로 작성한 것이 맞습니까?"

"예."

"증인은 검찰에서 2차 조사를 받은 후 5월 17일 법원의 공판기일 전 증인 신문절차에서 선서하고 증언하였는데, 증인이 증언한 내용을 확인하고 서명한 것이죠?"

"예."

"이상입니다."

십분 가량 진행된 질문에서 증인 혜민은 완전히 다른 사람이나 마찬가지였다. 말이 증인이지 기훈을 죽이러 나온 사신과 다름이 없었다. 혜민은 일분일초라도 빨리 여기를 벗어나고 싶었지만 증인석 의자가 그녀를 계속해서 꿇어앉히고 있었다.

말로만 듣던 진술인 홍혜민 양을 처음으로 눈앞에서 만나게 된 김석태 변호사도 많이 놀라는 눈치였다. 재판에서 그녀는 기훈에게 불리한 존재임이 틀림없었다. 하지만 한편으로는 그녀가 안쓰럽기도 했다. 김 변호사는 혜민에게 질문할수록 재판장과 방청객에게 혜민의 입을 통해 '유서는 박민혁의 글씨다'를 보여주려고 한 걸음씩 발을 뗐다.

김 변호사는 다시금 자리에서 일어나 천천히 질문을 이어갔다.

"증인은 뒤편에 적혀 있는 박민혁의 전화, 팩스 번호가 1차 검찰에서 진술할 때 1991년 4월경 어느 카페 안에서 박민혁이 적어 준 것이고 장난으로 낙서를 한 것 같다고 했지요?"

"예."

"그 후 2차 검찰 조사를 받을 때는 1991년 5월 10일 김기훈이 봉주르 카페에서 대화를 나눌 때 써주었다고 하는데, 맞습니까?"

"예."

"그런데 1991년 7월 9일 검찰에서 피고인은 김기훈과 대질신문 시 '집에서 곰곰이 생각하니 누가 써주었는지 혹은 제가 모르는 사이에 누가 제 수첩에 써 놓은 것인지 기억이 확실치 않습니다.'라고 진술하였죠?"

"예."

"증인이 기억이 확실하지 않다고 하는 것은 적어도 피고인이 써준 것은 아니라는 뜻으로 받아들일 수 있습니까?"

"그럴 수도 있고, 아닐 수도 있다고 생각합니다. 이 문제에 관하여 별로 중요하지 않다고 생각하며 말한 것이었습니다. 하지만 이 문제가 기사화되면서 걱정이 되어 많이 생각해 보았는데 제 기억에는 없던 것입니다."

그게 그렇게 중요했다면 혜민은 당연히 그에 대한 진술을 하지 않았을 것이다.

"그렇다면 5월 10일 김기훈이 쓰지 않은 것은 틀림없습니까?"
"예."

혜민은 자신에게 다시 한 번 기회를 주는 변호인단에 고맙기까지 했다.

"증인은 2차 진술 시 김기훈, 박민혁 등에게 모두 배신당하였다는 기분을 느꼈죠?"
"예."
"즉, 증인은 박민혁과 김기훈에 대해 의혹과 혼란을 품은 상태에서 진술하였겠네요?"
"예."
"증인은 첫 검찰 조사였던 1991년 5월 13일, 몇 시에 출두했나요?"
"오후 3~4시 경이었습니다."
"몇 시간이나 조사를 받았죠?"
"정확한 시간은 기억이 나지 않지만, 계속해서 조사받다가 그날 밤에 집에 돌아왔습니다."

그 방에 없던 시계는 이런 용도를 위해서였는지 혜민은 정확한 시간을 정확히 기억할 수 없었다.

"언제 2차로 검찰에 출석하였나요?"

"1991년 5월 19일 낮입니다."

"그때는 몇 시간이나 조사를 받았죠?"

"그날 밤을 새우고 다음 날 아침 전까지 받았습니다."

'이년아. 죽일년. 씨팔년.' 혜민은 그때의 욕이 다시금 떠오른 나머지 본인도 모르게 고개를 좌우로 흔들며 생각을 떨치려고 했다.

"뭐 잘못된 것이 있습니까?"

혜민이 무의식중에 한 행동에 김 변호사가 당황하며 물었다.

"아닙니다."

혜민은 다리를 꼬집으며 정신을 차리려 했다.

"그럼 증인이 법관 앞에서 진술한 일시는 언제였습니까?"

"1991년 5월 17일 오후 12시가 다 돼서였습니다."

"사실이었나요?"

"모르겠습니다."

당시에 기억나는 건 검찰에 이끌려 엘리베이터를 타고 어디로 올라가서 진술한 게 전부였다.

"증인은 피고인이 유서를 대필하였다는 생각을 가지게 된 이후 한동안 피신하였다는데 증인이 피신한 것은 증인의 의사에 의한 것이었나요?"

"예."

"증인이 피신하였던 이유는 무엇입니까?"

"모든 사람들을 만나기 싫었기 때문입니다."

법원 안은 증인으로 출석한 혜민의 진술이 더해 갈수록 이상한 기운이 감돌았다. 공판 초에 원고 측이 주장한 것과 출석한 증인의 입장이 달라졌기 때문이었다. 좋지 않은 기운을 감지한 신상훈 검사는 곧바로 질문으로 변호사의 증언을 끊으려고 했다.

"증인이 검찰에서 처음 조사를 받을 때 증인의 머릿속으로 증인이 검찰에 제출한 메모지는 문학에 소질이 있는 김기훈이 쓴 것을 박민혁이 자기 것처럼 잘 썼으니 보라고 한 것이라는 생각이 들었다고 대답하지 않았습니까?"

"예."

"5월 13일에 증인은 검찰에서 조사받을 때는 여러 가지 숨긴 사실이 있지만, 5월 17일은 2차 조사를 받으면서 사실대로 진술한 날이죠?"

"예."

검사의 목소리엔 약간의 신경질이 묻어있었다.

"아까 증인은 변호인 반대신문에 대하여 김기훈, 박민혁 두 사람에 대한 배신감이나 혼돈상태에서 잘못 진술하였다고 하였습니다. 그렇다면 5월 17일에 증인이 진술할 때 김기훈이 쓰지도 않는 것을 김기훈이 썼다고 거짓 진술하였다는 말인가요? 아니면 5월 17일 검찰에서 자술할 때는 그때 당시에 김기훈이 쓴 것으로 기억하고 있었기 때문에 그렇게 답변한 것인가요?"

"…."

검찰의 결정적인 질문이었다. 그러나 혜민은 아무런 대답을 하지 않았다. 재판장 안의 뜨거운 공방 열기 사이로 차가운 성운의 침묵만 흘렀다. 이때 재판장이 침묵을 깨는 창을 던졌다.

"어렵게 생각하지 말고 솔직하게 대답해보세요."

"그때 당시 기훈이 형을 만나고 나서 정확하게…."

붉게 충혈된 혜민의 큰 두 눈이 금방이라도 소나기를 쏟을 것만 같았다.

"대답하기 거북한가요?"

"예. 그때 당시에는 제가 모르는 사이에 쓸 수도 있다고 생각하여 그렇게 대답했습니다."

또다시 재판장은 웅성거렸다. 자칫 잘못하면 검찰 쪽이 급격히 불리해 질 분위기였다. 혜민의 눈동자만큼 신상훈 검사의 얼굴도 붉어지고 있었다. 비록 강제적으로 진술을 얻은 것이 맞지만, 법원에서 또 번복할 줄은 조금도 예상하지 못했다.

"만약 증인이 김기훈이 써 넣을 수도 있었다고 판단하여 그와 같이 대답하였다면, 어떻게 5월 13일에는 여러 가지를 감추고 대답하였다가 5월 17일에는 김기훈이 수첩을 보자고 써주었다고 대답할 수 있죠?"
"…"
"5월 17일에는 증인은 김기훈이 민혁이에 대하여 '좋은 추억만 남기고 빨리 잊어버리라'고 한 사람이 증인의 수첩에 죽은 박민혁의 이름과 전화번호를 써준 것에 불쾌하게 생각했고, 나중에 조사를 받으면서 그것이 어떤 의미가 있을 것이라는 생각이 들었다고 진술하지 않았습니까?
"예…"
"그러면 그것도 무슨 짐작으로 말하였다는 것인가요?"

신 검사는 아예 대놓고 따지듯 증인을 몰아세웠다.

"…"

검사의 목소리가 높아질수록 혜민은 침묵은 길어만 갔다. 신 검사가 뚫어져라 혜민을 바라보고 있었지만 그녀는 얼굴을 들지 않은 채 증인석에 앉아 있었다. 이윽고 혜민은 눈마저 감으며 검사에게 자신의 중언을 보여줬다. 장내가 뜨거워지자 가만히 듣고 있던 재판장이 다시 증인에게 질문을 하며 냉각수 역할을 자처하고 나섰다.

"5월 10일 증인의 수첩에 박민혁의 전화번호를 써준 부분에 관하여 검사가 신문할 때는 김기훈이 써준 것이 맞다 하고, 변호인이 반대신 문을 할 때는 누가 썼는지는 확실치 않는데, 적어도 5월 10일 김기훈이 써주지 않은 것은 확실히 기억된다고 진술했더군요. 지금도 박민혁이 직접 써준 것인지 김기훈이 써준 것인지 기억이 나지 않나요?"

혜민은 재판장의 질문에 곧바로 대답하지 않았다. 그 순간을 기다리는 기훈의 마음은 바짝 타들어만 갔다.

"그것에 관하여 많이 생각해 보았는데 구체적으로 언제 어디서 누가 써주었는지 생각이 나지 않습니다. 대수롭지 않게 생각하여 제 기억에서 없어진 것 같습니다."

"피고인과 대질할 때는 기억이 안 난다고 하고 혼자 진술할 때는 김기훈이 썼다고 진술하였는데 어떤 게 사실인가요?"

"대질신문하기 전에는 그럴 것 같다는 막연한 생각에서 그렇게 진술했으나, 그 후 그 사실이 알려져 곰곰이 생각해 본 결과 누가 썼는지 확실치 않습니다."

"지금 생각도 누가 써주었는지는 확실히 기억이 나지 않는다는 말입니까?"

"예."

검사와 판사가 질문을 하는 동안 변호인단은 낮은 목소리로 의견을 교환했다. 혜민이 재판에서 과거 진술을 번복한 만큼 지금이 이번 공판의 분위기를 역전시킬 수 있는 절호의 기회라 생각했다. 이때 피고 측 김석태 변호사가 자리에서 일어나 혜민에게 질문했다.

"증인은 박민혁과 교제하면서 대학을 졸업한 증인과 그렇지 않은 박민혁 사이에 교양이나 지적 수준에 관해 서로 이질감이나 차이점을 느낀 적 있습니까?"

"없습니다."

"증인이 알고 있는 박민혁의 교양이나 지적 수준에 비추어 위 유서 내용이 박민혁이 쓸 수 없는 정도의 내용입니까?"

"아닙니다."

김석태 변호사는 검찰에서 주장하는 박민혁의 학력과 연관된 글솜씨 의혹을 정확히 집어내며 혜민을 통해 그들 논리가 틀렸음을 반박했다.

"증인이 알고 있는 박민혁은 주관이 뚜렷한 편인가요?"

"그렇지 않습니다. 마음이 여리고 착한 사람입니다."

"이상입니다."

평소 마음이 여린 박민혁의 성격을 바탕으로 현 사회에 대한 책임의식에 분신을 택한 가슴여린 남자임을 증명하려는 김 변호사의 질문도

적중했다. 이제 재판의 분위기는 피고 김기훈에게 유리한 쪽으로 넘어왔다.

공판과정을 취재했던 기사들은 공판이 끝나자마자 혜민의 진술 번복을 1면으로 다루며 새로운 국면에 접어든 유서대필 사건을 실어 날랐다.

언론을 접한 사람들도 혼란스러웠다. 이것이 기훈과 피고 측에서 주장하던 기획수사의 실체인 것인지 궁금증이 폭발하고 있었다. 이후에 진행된 공판은 양쪽의 날 선 공방으로 이어졌지만 별다른 추가 진척은 없었다. 참고인과 증인들을 법정에 불러 세우고 유서대필의 배후를 찾으려 했지만 쉽게 결판나지 않았다.

언론 역시 혜민의 진술번복을 집중적으로 다루기 시작하며 분신사건 초기부터 제기되어 온 검찰의 수사에 의혹을 제기했다. 8차, 9차, 10차 공판은 혜민의 진술 부분과 기존의 국과수 검증 그리고 앞서 나왔던 증인들의 증언으로 계속됐다. 양쪽 모두 한 치도 물러설 수 없었기에 매 공판은 전쟁을 방불케 하는 언쟁이 오갔다.

마침내 11차 공판이 시작됐다. 기훈은 유서대필 사건의 판결을 앞두고 최후 진술서를 재판장에 제출했다. 최후진술서에 담긴 기훈의 마음은 이번 사건 전반에 대한 억울함이 가득했다. 특히 과거 수감생활 중에 담겨있는 어머니에 대한 사랑은 기훈이 말하는 진실이 결코 거짓이 아니란 점을 간접적으로 보여주었다.

이를 비웃듯 검찰은 김기훈에게 징역 7년형과 자격정지 3년형을 구형했다. 징역 7년. 하지도 않은 자살방조의 과실에 징역 7년이라니. 비록 아직 확정형이 아닌 검찰의 구형이라고 해도 검찰은 김기훈을 소위 '죽음을 부추기는 어둠의 세력'으로 지칭하고 비도덕적인 모습에 벌을 가한다며 그의 도덕성을 파괴해버렸다. 그러나 기훈에겐 오히려 검찰이 비도덕적인 집단으로 비춰질 뿐이었다.

1심 12회 공판 판결. 서울형사지방법원 제25부.

'피고인을 징역 3년 및 자격정지 1년 6월에 처한다.'

징역 3년. 1심의 형량이 떨어졌다. 8월 28일 1회 공판을 시작으로 12월 20일 12차 공판까지 약 4개월을 싸웠다. 그러나 그 결과는 기훈의 참패였다. 검찰이 요구한 7년은 아니지만 3년도 컸다. 게다가 집행유예도 없는 실형이었다. 법원은 기훈에게 1%의 자비도 베풀어주지 않았다. '정의는 반드시 승리한다'는 깃발은 검찰의 칼에 무참히 찢어졌다.

기훈은 유서대필 사건 첫 재판이 떠올랐다. 당시 피고인석에 앉은 기훈은 계속해서 현실을 인정하지 않고 있었다.

'지금 재판이 진행되는 게 맞지? 나에 대한 재판?'

재판이 진행될수록 현실을 인지하고 '설마 유죄일까' 했는데 정말 유죄였다. 검찰은 범죄일시와 상소, 방법 능을 승명하지도 못했지만, 자살방조 및 국가보안법을 적용시켰다. 법치주의의 상징, 재판부는 그것을 인정했다.

더욱 웃긴 건 검찰의 욕심이 여기서 끝나지 않았다는 점이다. 검찰은 원심의 형량이 가벼워 부당하다는 이유로 항소하였다. 변호인 측 역시 공소사실 특정에 관한 형사소송법 법리를 오해하였고, 증거 없이 사실을 인정한 것이 위법이였기에 항소하였다. 하지만 기훈은 이미 너무도 큰 치명상을 입은 상태였다. 2심과 3심이 있을 수 있지만 뒤집을 수 있을지에 대한 의구심이 들기 시작했다. 지금도 아무런 죄가 없이 형량이 떨어진 것인데 나중에는 어떻게 일이 더 꼬일지 불투명해 보였다.

분신정국의 불길은 결국 김기훈 유서대필 사건으로 정권퇴진 운동으로 최고점에서 끓어올랐다가 김기훈 유서대필 사건으로 최저점으로 가라앉았다. 참으로 치열했던 1991년이었다.

다음해 3월 12일 항소심 첫 공판이 시작됐다. 그사이 MBC에서 국립과학수사연구소 문서분석실장 조재형의 뇌물수수와 허위감정 등을 폭로해 세상을 떠들썩하게 만들었다. 결국 조재형 문서분석실장은 뇌물수수혐의로 구속됐고, 기훈과 변호인 측은 그런 팩트를 등에 업고 항소심에서 희망을 걸어볼 만했다.

하지만 김기훈 유서대필 사건에서 허위감정은 없었다고 못 박았다. 항소심 역시 5차까지 가는 공판을 벌였지만 검찰은 여전히 징역 7년에 자격정지 3년을 구형했다. 마찬가지로 재판부 역시 징역 3년, 자격정지 1년 6개월을 선고하며 기훈의 기대를 저버렸다.

변호인단과 기훈은 마지막 희망을 가지고 상고했고, 결국 '김기훈 유서대필 사건'은 대법원까지 갔다. 하지만 대법원 1992년 7월 24일 대법원은 기훈과 변호인단의 상고를 기각함으로써 형을 확정하였다.

약 1년가량을 법조인처럼 싸우며 보냈다. 기훈은 검사의 논리를 지니게 되었고 판사의 판단을 갖게 되었다. 그 결과 기훈이 내린 결론은 현 정권하에서는 어떠한 희망도 있을 수 없다는 사실이었다. 그것이 지금껏 기훈이 지켜봐 온 군사정권이었고 그 연장선의 노태우 정권이었다.

'정의는 없는 거야.'

기훈의 머리에 남은 것은 오직 이 한마디였다. 이제 아무렇지 않았다. 오히려 덤덤했다.

'그래 더러운 사법부, 너희들은 역사에 남을 최대의 실수를 저지른 거야.'

기훈은 마음을 달래며 현실을 받아들였다. 그런데 어머니가 생각났다. 자신만을 믿고 기도해주신 어머니. 그 어머니가 흘리실 눈물을 생각하니 기훈은 너무나 현실이 억울하기만 했다.

'다시는, 다시는 어머니의 얼굴에 눈물을 보이게 하지 않으리…'

대법원 판결이 확정된 날 밤, 기훈은 무너져내리는 별빛 속에서 흐느껴 울었다.

기훈은 세상과 담을 쌓고 3년이란 세월을 차가운 바닥에서 오로지 책과 함께 보냈다. 신문과 TV 따위는 보지 않았다. 그 어느 것도 진실을 전달하지 못했기에 신뢰도 없었다. 이런 기훈을 붙잡아 주고 정신을 가다듬게 한 것은 공부와 어머니의 편지였다. 출소 날 유달리 햇살이 따가웠다. 나름 정이 든 교도소를 나서자 문밖에는 자신을 끝까지 응원해주시던 어머니가 서 계셨다. 대학 시절부터 전국을 다니시며 아들이 건강한지 찾아오셨던 어머니. 서른이 넘은 나이에 불효를 하고 있다는 생각에 눈물이 주르륵 흘러내렸다.

"자랑스러운 아들아! 고생 많았다."

자신을 보고 자랑스럽다고 칭찬을 해 주시는 어머니. 어머니는 아직 따뜻한 두부 한모를 건네며 아들에게 웃음을 보였다. 비록 억울한 누명을 쓰고 교도소에 들어갔지만, 그런 아들이 자랑스럽다는 어머니 앞에 기훈은 끝내 펑펑 울며 다시는 실망시키지 않겠다는 맹세를 가슴속으로 했다. 기훈은 꾸역꾸역 두부를 입에 넣고 반드시 잘못된 정의를 바로잡고 진실의 편해서 세상을 밝힐 것을 다짐했다.

그 후 몇 년 사이 세상은 이미 조용해져 있었다. 그때의 뜨거웠던 민주화의 열기도 어느새 사람들 기억 속에 잊혀졌다. 이제 '분신정국'이란 단어는 신문 어디에도 찾아볼 수 없었다. 그사이 문민정부란 이름으로 대통령도 바뀌었다. 이제 군부의 잔재는 찾아볼 수 없었다. 그렇게 김기훈 유서대필 사건은 기억 속에 흐릿해져만 갔다. 하지만 기훈은 흐릿해져 가는 시간 속에서 자신의 삶을 지키며 끝까지 진실을 향해 걸어가고 있었다. 남들이 다들 힘든 길이라고 해도 기훈은 한순간도 멈추지 않았다. 이유는 간단했다. 자신이 당했던 것과 같은 일이 다른 누구에게도 일어나선 안된다는 의지였다.

2003년 노무현 대통령은 임기를 시작하면서 세상에 많은 변화를 추진했다. 대통령 자신이 전국 지검 평검사들과 대화를 하는가 하면, 그동안 한국사회에 자리 잡고 있던 권위주의와 기득권의 개념을 없애려고 했다. 『진실 화해를 위한 과거사 정리 기본법』에 의거 진실과 화해를 위한 과거사 정리 위원회를 설치하여 항일독립운동, 일제강점기 이후 국력을 신장시킨 해외동포사, 광복 이후 반민주적 또는 반인권적 인권유린과 폭력 학살 의문사 사건 등을 조사하여 은폐된 진실을 밝혀내는데 노력하고 있었다.

출소 후 직장을 잡고 일을 해오던 기훈은 단 한 순간도 유서대필 건이 끝났다고 생각한 적이 없었다. 언젠가는 반드시 진실이 자신을 향해 손을 들어 줄 것이란 기대가 가슴 한편에 존재했다. 기훈은 2006년 4월 진실화해위원회의 문을 두드렸다. 정권이 바뀌었고 이제는 사람들이 진실을 알 때가 되었기에 용기를 내 진실규명을 신청했다. 특히 기훈은 검찰의 강압수사, 국과수의 필적감정, 본인의 유서대필 여부에 대해 규명해줄 것을 특별히 요청했다.

진실화해위원회 입장에서도 신중하게 판단해야 했다. 대법원 판결이 난 사건이었고, 한 사람이 징역형을 살고 나왔다. 만약 당시 수사나 판결에 문제가 있었다면 심각한 인권침해에 해당하는 것이었다. 그렇다면 이 케이스의 경우 형사소송법상 재심사유가 있어야 인권구제가 가능한 것이었다. 진실화해위원회는 깊은 사전조사를 거쳐 4월 '김기훈 유서대필 사건'을 조사하기로 의결했다.

진실 화해를 위한 과거사 정리 위원회는 서울지검, 경찰청 과거사위원회, 국과수의 보유자료 및 일반 공개 자료를 바탕으로 1991년으로 거슬러 올라갔다. 조사위원들은 과거 조사받았거나 중인으로 있었던 사람들을 찾아가며 이야기를 들었다. 그런데 진실화해위원회가 유서대필 사건을 깊게 파고들면 파고들수록, 점점 놀라운 사실들이 하나, 둘씩 튀어나왔다.

진실화해위원회는 2007년 5월 국립과학수사연구소에 다시 한 번 필적감정을 의뢰했다. 국과수에는 아직까지 당시 4명의 필적 감정사 중 비리로 얼룩진 조재형을 제외한 문서감정실 필적감정원들이 그대로 근무하고 있었다. 재감정 결과는 모두를 깜짝 놀라게 했다. 유서의 글씨가 박민혁의 글씨와 동일하다고 나온 것이었다. 같은 사람들이 감정을 했는데 180도 다르게 나온 결과에 진실화해위원회 위원들은 감정사들을 만나 무슨 일이 있었던 것인지 물어보기로 했다. 분명 1991년 당시 문서감정에 큰 하자가 있지 않고서는 전혀 상반되는 결과가 나올 수 없었기 때문이었다.

조사를 도맡아서 하던 안경호 수사관은 자신의 이름을 밝히기 꺼려하는 당시 필적담당 직원을 어렵게 커피숍에서 만날 수 있었다.

"지난 1991년 김기훈 유서대필 사건 필적감정 당시 조재형 감정사와 함께 조사를 하셨는데 감정 결과가 전혀 다르게 나왔네요?"
"그때는 우리가 공동감정인으로 이름만 올렸을 뿐이었지 실질적인 감정은 조재형 씨가 다 했어요."

"그때 법원에서는 한 분씩 돌아가며 공동으로 감정했다고 하지 않았습니까?"

"검찰이 급한 사건이라고 독촉하는 바람에 제대로 볼 시간도 없었죠. 게다가 보통 그렇게 한 명이 감정하고 나머지는 첨언만 할 뿐이 있고요. 결국 당시 문서감성실 실장이던 조재형 씨가 전담하다시피 했죠."

"그 감정 때문에 한 사람의 인생이 바뀐 걸 알고 계시긴 한가요?"

"알고 있습니다… 미안합니다."

안 수사관은 끓어오르는 분노를 참을 수 없었다. 이제 진실화해위원회의 조사의 목적이 더욱 확실해졌다는 기쁨도 잠시, 필적감정이라는 과학수사가 이렇게 형편없을 줄은 예상치 못한 것이었다. 더욱이 그 과학이 한 남자의 인생을 통째로 바꿔 놓았기에 더욱 참을 수 없었다. 사설 감정원에 맡긴 결과 역시 유서는 김기훈 글씨와 상이하며 박민혁의 글씨와 동일하다는 결과를 회신받을 수 있었다. 그밖에 관련 인물 조사에서도 당시 검찰의 짜 맞추기 식 강압수사의 정황을 들을 수 있었다.

진실 화해를 위한 과거사 정리 위원회는 약 7개월에 걸친 조사 끝에 2007년 11월 13일 사법부에 '김기훈 유서대필 사건'을 재심할 것을 권고했다.

새로운 정황이 나왔고 그에 걸맞은 조사 자료가 나와 재심을 권고하기까지 정확히 16년이란 세월이 흘러 있었다. 기훈은 이 상황을 기뻐

해야 할지 슬퍼해야 할지 가늠할 수 없었다. 그동안 주위에서 보아왔던 수많은 사례들을 보면서, 아직 멀고 먼 산이 기다리고 있음을 직감할 수 있었다. 어쩌면 자신이 살아생전에 무죄를 밝히고 명예를 되찾지 못할 수도 있다고 느낄 수도 있었다. 그러나 기훈은 어쩌면, 어쩌면 정말 자신이 그토록 기다려왔던 진실을 알릴 수 있다는 기쁨에 눈물이 나기도 했다. 진실화해위의 판결이 나자 취재진들이 기훈에게 다가와 이런저런 심정을 물어왔다. 그런데 기훈은 덤덤했다.

다음 해 1월 기훈은 서울고등법원에 김기훈 유서대필 사건 재심을 청구했다. 진실화해위원회의 재심권고가 있었던 만큼 과거 공판과 판결에 잘못이 있었음을 가려주기를 바라는 취지에서였다. 기훈의 재심청구는 사법부 내에서도 큰 이슈로 떠올랐다. 법원은 신중하게 이번 재심을 검토해야만 했다. 자칫 잘못하다가는 검찰 조직과 법원 조직의 공정성이 심각하게 흔들릴 수 있는 사안이었다. 공안이 관여하지 않은 검찰의 단독 수사, 잘못된 필적감정, 그리고 이를 정확하게 집어내지 못한 잘못된 판결. 이 모든 게 국민적 분노를 이끌어내기 충분했다.

특히 검찰이 받게 되는 후폭풍은 엄청난 것이었다. 당시 시대 정황상 공안과 정보기관이 전혀 관여하지 않은 검찰 단독 처리 사건으로 김기훈의 유죄를 입증하면서 검찰 공화국으로 가는 초석을 다졌던 사건인 만큼 조직 내에서는 치명적인 사안이었다. 법무부와 검찰은 보이지 않는 압력을 통해 은근히 사법부를 압박해 갔다. 핵심은 과거 판결에 문제가 없다는 것이었다.

서울고등법원은 재심청구 신청 8개월 만에 판결을 내렸다. 서울고법이 2009년 9월 16일 김기훈 유서대필 사건을 재심할 것을 판결한 것이다. 고등법원의 재심 판결 이유는 원판결에 중대한 문제가 있음을 인징했기 때문이었다. 이는 검찰조식에는 날벼락 같은 판결이었다. 다음 날 검찰은 고등법원의 재심 판결에 즉시 항고했다. 검찰의 입장은 원판결에 아무런 문제가 없다는 것이었다. 결국 '유서대필 사건'은 대법원으로 이송됐다. 대법원은 유서대필 사건을 가지고 재심여부 심리에 들어갔다. 하지만 그 이후로 아무런 소식이 없었다.

늘 그렇듯 2009년 잠깐 반짝했던 '김기훈 유서대필 사건' 재심 여부는 또다시 사람들 기억 속에서 사라져 갔다. 인터넷 시대. 정보가 넘쳐나는 세상에서 그 속도는 더욱 빨랐다. 기훈도 이제는 조급한 마음 없이 세월에 맡기며 판결을 기다리고 있었다. 몇 번의 어려움이 기훈을 덮쳤는지 모른다. 자신을 향한 손가락질과 경고, 그리고 동정과 연민. 모든 것을 느끼고 받고 참아야 했던 세월들이 기훈의 머릿속을 스쳐 갔다.

'나 자신이 무너지면 안 된다. 내가 중심을 제대로 잡고 있어야 사랑하는 내 가족도 지킬 수 있는 거야.'

기훈은 가슴속으로 굳게 다짐하며 진실을 향해 한걸음 씩 옮겨 갔다.

그렇게 견뎌 온 세월이 어느덧 20년이 지났다. 달력은 2011년을 반을 훌쩍 넘겨가고 있었다. 여름의 끝자락에 아직까지 태양은 뜨거웠다.

대법원의 심리는 길었다. 그리고 심리가 어떻게 진행되는지 알 길도 없었다. 궁금한 마음에 문의를 하면 그저 '심리 중인 사건에 대해서는 말씀해 드릴 수 없습니다'라는 대법원 공식 입장을 반복할 뿐이었다.

그 사이 자신에 세상에서 가장 아끼던 어머니가 세상을 떠났다. 적어도 어머니께서 살아 계셨을 때 모든 것이 끝났으면 하는 바람이 있었지만 지켜지지 못해 더욱 가슴이 아팠다. 그동안 기훈은 일체 언론과 접촉을 하지도 않았다. 조용히, 그리고 끝까지 사건을 바라보려는 마음이었다.

강남에 있던 회사가 여의도로 옮기기 위해 한창 바쁠 8월 어느 날, 기훈의 핸드폰으로 낯선 번호의 전화가 걸려왔다.

"여보세요."
"혹시 김기훈 선생님 핸드폰 맞습니까?"
"네. 맞는데요. 누구시죠?"
"네. 안녕하세요. 선생님 저는 CBS 스마트뉴스팀 김민철 기자라고 합니다. 다름이 아니라 김기훈 유서대필 사건을 재조명해 취재하고자 전화드렸습니다."

"네."

"올해로 유서대필 사건이 일어난 지 20년이 지나서 저희가 당시 사건을 취재하고 있는데 힘드시지 않다면 잠깐 유서대필 사건 이야기 좀 들려주실 수 있는가 해서요."

"무슨 이야기가 듣고 싶은 거죠?"

2014년 아직 끝나지 않은 글을 마치며

대법원은 '유서대필 사건'에 대해 2012년 10월 19일 재심 개시를 결정했습니다. 2009년 9월 고등법원의 재심 결정 이후 검찰의 즉시항고가 이루어진 뒤 나온 결정이나 정확히 3년 1개월간 재심 심리가 진행되었습니다. 그리고 2012년 12월 20일, 마침내 모두가 기다리던 재심 공판이 시작됐습니다. 1991년 사건이 벌어진 지 21년 만이고, 법원의 판결이 있었던 1992년 이후 20년 만입니다.

마침내 고등법원의 재심 결과가 나왔습니다.

'강기훈 무죄'

하지만 기쁨도 잠시였습니다. 지난 23년의 잘못을 사과해도 부족한 순간에서도 검찰은 대법원 상고를 선택했습니다.

여러분, 도대체 법은 누굴 위해 존재할까요? 약자에게 공정한 정의를 안겨 줄 수 있다고 생각하십니까? 저는 이번 사건을 취재하면서, 그리고 글로 옮기면서 법은 공정하긴 하나 정의롭지 않을 수 있다는 결론에 도달했습니다.

범행을 저지른 범인이 있어도 증거가 없으면 법은 그 사람은 법인이라 하지 않습니다. 분명 범인이 죄를 범했다고 하더라도 범인이 아닙니다. 유서대필 사건은 그 반대라고 할 수 있습니다. 범행을 저지르지 않았지만 잘못된 필적자료가 맞는다면 범인이 맞는 것입니다. 분명 죄를 범하지 않았더라도 범인입니다. 따라서 여러분이 주목하셔야 될 부분은 법원의 판결이 아닙니다. 핵심은 1991년 5월 8일, 강기훈 씨와 김기설 씨에게 무슨 일이 있었는지 스스로가 판단하고 정답을 내리는 것입니다.

이 책을 쓰는 순간에도, 그리고 여러분이 책을 읽고 있는 순간에도 유서대필 사건은 진행중입니다. 분명 이 책은 실화를 바탕으로 글을 썼지만 어디까지나 소설입니다. 무엇이 진실이고 무엇이 거짓인지는 고인의 목소리를 들을 수 없기에 알 수 없습니다. 그럼에도 불구하고 이 책을 읽고 계신다는 것은 유서대필 사건에 대한 궁금증과 호기심, 그리고 애증이 남아 있다고 생각하며 책을 여셨을 때처럼 한 가지만 더 부탁드립니다.

시간이 지나고 세월이 흘러도 우리가 유서대필 사건을 항상 지켜보겠다고….

감사합니다.

용하기 위하여 자위대를 정규 군대 조직 수준으로 개편하는 것도 부족하여 평화헌법 개정을 추진하여 정규군 보유를 합법화하고 있다. 이는 침략의 DNA를 노출하는 신호탄이다. 그래서 일본은 늘 냉철한 이성으로 경계하지 않으면 안 되는 민족이다. 미국이 일본의 집단적 자위권을 지지한 것은 일본의 헛된 야망을 전혀 모르는 상태에서 지지한 역사상 큰 실수가 될지도 모른다. 핵무장의 물꼬를 터주는 격이 안 되길 바랄 뿐이다. 한반도 유사시 기분 나쁜 집단적 자위권을 빙자하여 총 들고 우리 땅에 들어와서 나가지 않는다면 제2의 강점기가 될지도 모른다. 그들의 행동으로 봐서는 충분히 가능성 있는 시나리오다. 사사건건 선조들의 악행을 덮으려는 그들의 애족심은 이해가 가지만 언제까지나 대명천지를 손바닥으로 가리고 아웅 만 할 수는 없다는 사실을 깨달아야 한다.

후쿠시마 원전 사고 때 우리 국민들은 진정한 마음으로 음악회를 열어 마음으로 위로하고 성금을 모아 물질적으로도 도왔다. 하지만 일본인들은 감사 표시는커녕 망언을 밥 먹듯 하는 망언 제조국으로 돌변하였다. 그도 부족하여 방사능 오염수가 바다로 줄줄 흘러 들어가는데도 수산물에 방사능 없다고 자국민들도 80% 이상이 믿지 않는 거짓말을 하고 있다.

근대역사문화거리는 한때 나의 아침 운동을 겸한 산책 코스였다. 지나칠 때마다 강압 통치의 증표이자 수탈의 역사라는 생각이 들어서 씁쓸했다. 우리 선조들이 일세강점기에 일본 선주들에게 제공한 노동의 강도에 비하여 처우가 얼마나 비참했는지 짐작이

가고도 남는다. 위장된 현지 징용이라고 표현함이 옳을 것이다. 그들에게 어업 전진기지였다면 우리에게는 수탈의 기지였다. 일제강점기는 어머니의 젖을 먹고 자란 자식이 힘이 생기고, 이빨이 났다고 해서 젖꼭지를 물어뜯는 배은망덕이나 다름이 없다.

독도가 일본 땅이라느니 동해가 일본해라느니 하며 망언 하는 일본인들이 존재하는 한 그들의 콧대를 높여주는 장사는 하지 않는 것이 옳을지도 모른다. 우리 민족의 혼이 담긴 순수 우리 창작 문화를 수출하는 장사가 다소 더디긴 하겠지만, 장사도 한류 같은 좋은 상품을 파는 정직하고 올바른 장사꾼이 되어야 존경받는 장사꾼이 될 수 있고, 국익에도 도움이 될 것이다.

근대역사문화거리는 국민의 소중한 세금을 들여서 개발되었다. 가까우면서도 먼 나라. 가까이하고 싶어도 가깝게 대해주지 않는 나라. 선조의 치부는 덮고, 후손에게는 거짓을 가르치는 나라. 경제적으로는 부유하지만, 인정은 가난한 나라. 그러한 일본 국민들이 관람을 통하여 얼룩진 양심이 세탁되는 거리가 되었으면 좋겠다. 그리하여 잘못을 인정할 것은 인정할 줄 아는 정의로운 일본인이 되어서 일본 제품 불매운동도 끝을 내고 가까운 이웃나라로서 한국과 일본이 국제화 시대의 진정한 이웃이 되는 가교가 되어야 한다.